LEO

E AS CAIXAS DE MÚSICA

RICARDO PRADO

EDITORA DA PONTE

LEO E AS CAIXAS DE MÚSICA

Coordenação editorial
Ana Luisa Astiz e Letícia Carvalho Lopes

Edição e seleção de músicas
Carlos Mendes Rosa

Revisão
Diogo Souza Santos

Capa
Rodrigo Disperati | Collecta Estúdio

Projeto gráfico e diagramação
Erika Tani Azuma e Rodrigo Disperati | Collecta Estúdio

Produção gráfica
Marina Ambrasas

Dados Internacionais de Catalogação na Publicação (CIP)
(Câmara Brasileira do Livro, SP, Brasil)

Prado, Ricardo
Leo e as caixas de música / Ricardo Prado. – 2. ed. – São Paulo : Editora da Ponte Soluções em Educação, 2024.

ISBN 978-85-69523-49-9

1. Adolescência – Literatura infantojuvenil
2. Amizade – Literatura infantojuvenil 3. Música – Literatura infantojuvenil 4. Rock I. Título.

24-214354 CDD-028.5

Índices para catálogo sistemático:
1. Literatura infantojuvenil 028.5
2. Literatura juvenil 028.5
Aline Graziele Benitez - Bibliotecária - CRB-1/3129

Este livro segue o Acordo Ortográfico da Língua Portuguesa (1990), em vigor no Brasil desde 2009.
2.ª edição, agosto, 2024.

contato@editoradaponte.com.br
www.editoradaponte.com.br
instagram.com/editoradaponte

Para Wilma, que me ensinou que a maior coragem é a alegria.

Para Gustavo, Tomás e Lara, os filhos que me ensinaram
que a paternidade é a minha vocação mais feliz.

Para Bíbi, com quem amar é, finalmente, alcançar a vida.

Dica do Leo:
Sempre que aparecer este ícone, aponte a câmera do seu celular para o QR *code*. Assim, você poderá ouvir a faixa citada diretamente da plataforma de *streaming*.

SUMÁRIO

Rio de Janeiro, setembro a dezembro de 1989.

MEDO

Quando acordei, eles já tinham partido.

Procurei pela casa inteira, buscando sem dizer uma palavra ou chamar um nome, notando a calma que não combina com dias de viagem; não havia malas nem roupas por guardar, nenhum sinal de que haveria uma partida.

Voltei para o meu quarto, que nunca me pareceu tão grande e escuro, tão cheio de cantos e lugares que eu nunca percebera. No banheiro, abri o armário acima da pia, peguei a escova de dentes, a pasta e, sei lá por quê, o gel para cabelo que comprara fazia muito tempo e nunca havia usado. Fechei a porta do armário e, quando me olhei no espelho, senti um arrepio: uma bonita marca de batom, vermelha e desenhada — antes de partir, enquanto eu dormia, minha mãe me deu um beijo na testa.

Abri as duas torneiras, enchi a pia e ali, com a cabeça mergulhada na água, dei um grito, os olhos abertos. Enquanto durou todo o ar que saía da minha boca em bolhas enormes, apertava com toda a força as beiradas da pia. Sem ar, sufocado, estranhando a falta do choro das horas de raiva, sequei o rosto e a cabeça esfregando furiosamente.

Enchi as duas mãos de gel e encharquei o cabelo, que estiquei para cima, para trás, como duas asas, no formato de uma espiral, numa tentativa de ponto de interrogação, e em mil agulhinhas finas em todas as direções, que foi do que mais gostei, e assim ficou. Estranho até para mim, era outro, como eu queria ficar, como queria ser agora e para sempre. Aumentei o volume do som, muito alto, muitas músicas, só Iron Maiden.

Hallowed be Thy name
Iron Maiden

"Tears fall, but why am I crying? After all I'm not afraid of dying. Don't I believe that there never is an end?" (Lágrimas escorrem, mas choro por quê? Afinal, não tenho medo de morrer. Não acredito que não exista um fim?)

Eles já haviam partido. Percebi pelos ruídos de Helena e Maria, sua "fiel escudeira", que preparavam meu café na cozinha. Esse era um dos seus rituais para enfrentar as minhas tristezas, que muitas vezes ela percebia antes de mim. Essa proximidade, essa presença cheia de atenções, transformou minha avó na pessoa cujo amor não é apenas uma palavra. Por isso ela não era a avó, nem vovó, mas Helena.

A janela estava fechada; o quarto, totalmente escuro. Transformei a luminária de leitura em um canhão de luz preso no alto da porta do armário. Coloquei a lanterna de acampar piscando sobre a escrivaninha, espalhei no chão as luzes da árvore de Natal. "*Tears for somebody but this lonely boy. Out in the madness, the all seeing eye flickers above us to light up the... sky*" (Lágrimas por alguém, exceto por este menino só. Em meio à loucura, o olho que tudo vê pisca acima de nós para iluminar o... céu).

Remember tomorrow
Iron Maiden

Apaguei tudo. A lanterna pulava na minha mão. Eu queria desafiar o escuro, mostrar meu poder de desenhar nele com luz, de usar minha lanterna como uma faca que o cortava em todas as direções, uma navalha ferindo com um traço a carne da sombra. Era muito pouco abrir as cortinas e deixar a luz entrar. Não queria destruí-lo, não queria que ele se fosse de uma vez, correndo apavorado como um covarde qualquer. Eu o queria ali, por todos os lados, me envolvendo e ameaçando, para derrotá-lo com minha lanterna tão frágil e pequena, mas transformada pela minha fúria em arma poderosa.

Eu jamais sentiria medo do escuro. Juro por um milhão de escalpos! Por todos os crânios e as suas órbitas vazias! Por treze mil estacas de bronze cravadas no peito de todos os demônios fugitivos de todos os subterrâneos mais profundos de todos os infernos! Eu jamais sentirei medo algum! Eu juro!

HELENA

Com uma bandeja na mão, minha avó entrou de repente, balançando a cabeça. Começou a batucar na louça, a revirar os olhos, gritando:

— Essa porcaria dessa vitrola não toca mais alto, não?

Comecei a rir.

— Vitrola, Helena? Quando eu nasci não existia mais vitrola! Não estou com fome. Não vou comer nada.

— Você está certo. Você não devia comer nunca mais. Devia fazer greve de fome.

— Custava se despedirem de mim?

— Eles se despediram de você.

— Quando? Então eles conseguem se despedir de alguém sem serem vistos? Impressionante!

— Seu pai lhe deu um beijo e sua mãe ficou sentada olhando você dormir hoje de manhã cedinho.

— Muito obrigado! Diga a eles que eu sou muito grato por toda a consideração. Vou mandar um cartão de agradecimento. Assinado "Atenciosamente, seu filho". Custava levar em conta só um pouquinho o que eu quero?

— Leo, todos estão levando em conta o que é importante para você o tempo todo!

— E eles é que sabem o que é importante para mim?

— Eles são seus pais, e são bons pais.

— Excelentes! Estou aqui berrando de tanta felicidade! É melhor mesmo você achar que são bons, porque eu acho que são um fracasso completo. Quer saber? Ainda bem que foram embora. Muito melhor assim.

— Seu pai é diplomata, um dos melhores. Acaba de ser nomeado embaixador do Brasil em Praga, e você devia estar muito orgulhoso. Essas mudanças de cidade são um privilégio, e você nunca reclamou assim.

— Claro! Eu era pequeno, achava que o colo da minha mãe era o melhor lugar do mundo. E eles nunca me deixaram para trás. Nunca! Custava me levar agora? Ou esperar por mim?

— Custaria você perder o ano.

— Grande coisa perder o ano...

— Grande coisa passar uns tempos com a avó...

Ela me puxou para dançar, bagunçou meu cabelo, e eu comecei a rir. Essa é a Helena.

VINGANÇA

Hoje eu descobri como ensinar a eles que não vão fazer comigo o que quiserem: vou repetir de ano. Já estou mesmo mal em matemática, agora é só tirar zero nos dois próximos bimestres e estou reprovado. Vão fazer o quê? Me matar? Me espancar até os miolos me saírem pela orelha esquerda? Me emparedar no quarto dos fundos da embaixada em Praga? Não... Eles vão me castigar lentamente, me humilhar até eu entender que não sou ninguém além de um filho que não tem o direito de decidir nada. Vão me obrigar a usar roupas ridículas, me buscar no colégio todos os dias, e sei lá mais o que a mente perversa deles vai inventar. Preciso pensar com a cabeça doentia deles para descobrir como vão me castigar.

Eles são muito modernos e acreditam em formas muito sofisticadas de tortura, como o diálogo. Meu pai acha que tudo deve ser conversado, até compreendermos (ou seja, eu compreender) as razões dos nossos erros (ou seja, dos meus erros). Para ele a família funciona como a Assembleia Geral da ONU, e só ele tem o poder de veto. Mas, das técnicas educacionais modernas, a predileta é a pedagogia da solidão pensativa: "Vá para o seu quarto refletir sobre o que você fez". Seria mais honesto dizer: "Suma da minha frente agora ou eu esgano você".

A melhor tese deles é que eu aprendo pela privação. Só sou capaz de dar valor ao que não tenho; eu, o idiota máximo de toda a galáxia. Claro! Meus discos e meu som, é isso que vão tirar de mim. O que me faria mais falta? O que me magoaria mais? O que vai me provar claramente que sou pequeno, insignificante e desprezível?

Meu pai vai se sentir muito humilhado de ter o filho reprovado no colégio. Toda a ladainha de que cada nota em cada matéria é um tijolinho na construção do meu futuro. Os sonhos dele de que vou ser a sexta geração de diplomatas da família vai para o inferno!

DE PAI PARA FILHO

Leopoldo Armando Toledo de Albuquerque Paranhos, Abneto. O nome mais ridículo que alguém pode ter e, graças ao bom senso da Helena e para a fúria do meu pai, virou simplesmente Leo. Detesto o meu nome, o único que conheço que tem vírgula e essa palavra que significa "trineto". Quem conhecer mais um Abneto leva grátis uma gargalhada para debochar do conhecido. Leopoldo pode ter sido um nome bonito há uns cem anos, mas hoje tem cara velha, cheiro azedo de papel mofado, de coisas que nos sufocam quando respiramos perto delas, tanto tempo faz que não tomam sol, não saem para passear, não fazem parte do mundo, como um tal de Leopoldo Henrique Toledo de Albuquerque Paranhos, Bisneto — o meu pai.

Esses homens da família, destinados às mais altas notas nas melhores universidades, aos primeiros lugares no Instituto Rio Branco, aos mais precoces postos do Itamaraty e às mais duradouras missões como embaixadores nas principais capitais do mundo, também têm em comum a estrutura do nome. Leopoldo é uma homenagem que Leocádio Toledo de Albuquerque Paranhos, avô do meu bisavô e patriarca da família, resolveu fazer à arquiduquesa da Áustria e primeira imperatriz do Brasil, Dona Maria Leopoldina. Ele ficou sinceramente grato por ser enviado como representante de Sua Majestade para frequentar os maiores centros europeus de mineralogia e seus jardins botânicos. O primeiro diplomata da família era um estudioso, não um burocrata.

O segundo nome é sempre uma homenagem aos padrinhos, que no meu caso cria a maravilha que é Leopoldo Armando. Meu pai, Leopoldo Henrique, fica muito orgulhoso e satisfeito de só me chamar assim, horror completo, sem economia: "Leopoldo Armando, passe a manteiga". O resto é uma homenagem aos sobrenomes do meu trisavô, além do indicativo de quantas gerações já carregam tantas ideias ruins nos seus nomes. No meu caso ainda tem esta belezinha: Abneto. Em vez de tantas homenagens feitas a tanta gente morta, por que não me chamaram, por exemplo, de Carlos? Por que não tenho também o sobrenome da minha mãe? Eu poderia ser apenas Carlos Fonseca Paranhos. Mas é claro que o meu pai nunca pensou em agradar a mim ou à minha mãe.

NÃO É AMOR

Ontem passei o dia andando com Helena por Copacabana. Fomos a uma loja cheia de discos do mundo inteiro. Ela me deu de presente um da Legião Urbana. Felipe me disse que pode copiar tudo para mim em fitas cassete para eu ouvir escondido em um Walkman, caso confisquem as minhas coisas. Mas ele é contra o meu plano de repetir o ano porque prejudica mesmo é a mim. Ele tem razão. Vou pensar em outra coisa.

Custei a dormir ouvindo a Legião. É como se eu tivesse escrito aquelas canções. Parecia que eu falava com o meu pai.

GRAVATAS

Fica esse gosto ruim de que era eu quem ponderava, de que é tão injusto que não fosse ele o responsável pelo equilíbrio e pela maturidade. Não gosto do que ele faz, do que pensa, do seu jeito de ser, de viver, de me tratar, de cuidar da minha mãe, de não cuidar da Helena, de achar que a sua é a única maneira, que ele sabe de tudo, que conhece a todos desde o primeiro olhar. E se eu já tivesse coragem diria com todas as letras que não gosto do meu pai. Acho que é uma questão de aprender a reconhecer e afirmar o que penso.

Quando fiz 10 anos, meu pai me deu quatro gravatas de presente de aniversário, inclusive uma borboleta de várias cores e uma preta, para usar com *smokings*. A ideia dele era começar a me ensinar que gravata usar em qual ocasião e com qual nó. Realmente, um presente maravilhoso para ganhar quando se faz 10 anos, porque é mesmo uma vergonha um sujeito chegar aos 15 sem saber escolher gravatas nem dar o nó nelas! Eu não consegui disfarçar que não estava sonhando com gravatas quando pensava no meu presente de aniversário e ele ficou naquele seu típico estado emocional chamado "eu lhe mostraria como se comportar se você não fosse tão imbecil!" Levou-me para o seu quarto e, na frente do espelho do guarda-roupa, abotoou o colarinho da minha camisa me machucando, passou a primeira gravata em volta dele aos gritos de "vamos conhecer agora o nó italiano, mais esportivo..." E foi dizendo cada etapa, mas sem que eu visse ou entendesse nada do que ele fazia. Ao terminar, virou-me de frente para o espelho e puxou o nó com toda a força, me apertando o pescoço. Quando eu gemi, ele completou o meu presente com uma daquelas suas declarações que ele acha geniais:

— Pois é, Leopoldo Armando... Nós nos tornamos homens quando aprendemos a dar o laço nas gravatas e aguentar o aperto sem reclamar.

— Não é nada disso que faz alguém virar um homem.

Ele me sacudiu pela nuca com uma vontade quase incontrolável de me bater, encerrando o meu grande aniversário de 10 anos com a sua famosa frase:

— Vá para o seu quarto refletir sobre o que você disse!

Fiquei sentado na cama, ouvindo meu pai dizer para cada amigo meu que chegava:

— Sinto muito, mas o Leopoldo Armando não poderá comemorar o aniversário com os amigos porque tem que pensar sobre algumas coisas. Obrigado por sua visita. Amanhã ele falará com você.

Meus amigos deviam pensar se meu pai era um sujeito normal, apenas absolutamente ridículo, ou se era completamente maluco, apesar de tão gentil. A dúvida, como sempre, foi a Helena quem resolveu. Eu ouvi a campainha tocar, os passos do meu pai, os ruídos de chave.

— Mamãe, ele está de castigo. Deixe o presente aqui, ele abrirá depois... Não adianta me olhar assim... Não vou deixar que você me desautorize... Você não pode entrar; não vou permitir.

— Leopoldo Henrique, você é meu filho, mas é um completo idiota. Tente me impedir.

Ela entrou no meu quarto com uma caixa colorida que mal conseguia carregar, jogou-a sobre a minha cama ordenando que eu rasgasse o embrulho logo para ver se eu gostaria ou não. Helena pegou o telefone e ligou para o meu amigo:

— Felipe, venha para cá porque eu e o Leo não vamos conseguir montar essa tralha sozinhos... É o trem elétrico que ele queria... Eu sei, não se preocupe... Ele nem vai tentar...

Felipe foi, já que nunca deixou de ir — somos o melhor amigo um do outro.

COMPROMISSO

— Mas é uma canção de amor!

— Não, Helena! Claro que não!

A discussão prometia. Ela achava que a canção pedia uma conciliação, eu entendia como revolta; entendia como dominação, e ela, como esforço de compreensão. Para mim, era como se o Renato Russo estivesse dizendo tudo que eu sentia pelo meu pai. Helena achava que era sobre uma briga de casal. E é claro que a discussão bateu no único lugar possível: meu pai não havia me abandonado; ele me deixara com ela, na minha escola, entre os meus amigos. E só por algum tempo. Os argumentos eram fortes, apesar de eu achar que o problema era o meu pai ser como ele é. Finalmente, Helena me lançou um desafio que eu não podia recusar:

— Eu acho que sou capaz de provar que há muitas coisas sobre o seu pai que você não sabe e que há outras que sabe, mas sobre as quais está enganado.

— Mesmo que você me prove isso, quem vai obrigar o meu pai a fazer a mesma força para me entender e me conhecer?

— Eu. E isso é um compromisso. Se você tentar conhecer melhor o seu pai e compreender de outra forma as atitudes dele, prometo a você ir a Praga fazer a mesma coisa com ele. Logo que você acabar a escola. Até lá, acho melhor você aproveitar esses meses que vai passar comigo como uma época boa e divertida.

— Feito. Quando começamos?

— No fim de semana.

LUGAR

— Ela é linda, Leo...

— Quem?

— A Alice...

— A ruivinha?

— Ruivinha? Isso é tudo? Ela é perfeita. Eu nunca vi cabelos como os dela. Ninguém tem aqueles olhos, nem aquelas mãozinhas.

— Ela senta na carteira na minha frente.

— Eu sei. Este é o terceiro ano que ela senta aí.

— Deve ser.

— Você está apaixonado por ela? Você nunca me contou, Leo!

De repente ele entrou em pânico. Não adiantava explicar que eu nem falava direito com ela, que sentava ali só para repetir os lugares do ano passado, como todo mundo. Contei o acordo feito com a Helena, mas ele não deu muita atenção. Queria saber se eu já tinha tocado nos cabelos dela, se conversávamos muito, várias perguntas ridículas de ciumento. Eu só me lembrava de uma vez ter pedido um lápis emprestado; ela reagiu com uma cara de nojo, mas emprestou. O Felipe acha que ela é tímida; eu acho que ela é besta. Ele acha que ela é sofisticada; eu acho que ela é besta. Ele suspirou fundo, olhou para baixo e fez a pergunta que devia estar batucando na sua cabeça:

— Nós somos amigos de verdade?

— Claro que somos!

— Então... troca de lugar comigo?

LEÃO

A coisa mais importante que precisa existir na escola é um relógio — você tem que ver o tempo passando. É horrível não saber quanto falta para acabar a aula, para o intervalo, para o fim do intervalo. Sempre olho pela janela e imagino como estará o mundo lá fora, o movimento das ruas, as pessoas que podem ir e voltar, quando e para onde quiserem. No trabalho também é assim? Será que passamos a vida inteira presos?

Quando cheguei em casa, cerquei a Helena na esperança de começar a arrancar dela alguma revelação. Ela achava que eu não devia ficar reclamando da vida, sentindo a pior coisa que existe, que é pena de si mesmo. Isso faria a gente sempre se olhar da mesma maneira e rouba as nossas chances de mudança. Eu aproveitei para perguntar se eram as mudanças do meu pai, o maior conservador do universo. Helena riu e não disse nada, o que ela sabia ser uma tremenda provocação. Resolvi engatar uma pergunta, o que a obrigava a permanecer em cena: o meu avô era assim? Claro, ela se animou. Começou a falar sem parar; eles eram obrigados a mudar de cidade, mas eram homens de convicções firmes. E tudo isso, segundo ela, no esforço de promover mudanças.

— Que é isso, Helena?! Meu pai quer voltar ao século XIX para viver na corte da imperatriz!

— Você se engana. Acho que seu pai não gostaria de viver no passado, assim como não o acho conservador em tudo.

— Um sujeito põe no filho o mesmo nome idiota usado há gerações e não é conservador?

— É. Mas o que ele está tentando conservar? Eu de fato não gosto, apesar de adorar o apelido Leo.

— Se não gosta, por que concordou em batizar com esse nome o filho dele?

— Seu avô queria muito, e eu achei que a história do nome e o seu significado eram interessantes. Você sabe o que significa Leopoldo?

— O masculino de Leopoldina, a imperatriz.

— Você não sabe de nada, menino. Leopoldo é um nome de origem alemã que significa "aquele que é ousado para o novo". O tal Leocádio escolheu esse nome para o filho, seu trisavô, em 1822, ano da independência do Brasil. Ele queria homenagear a imperatriz e lembrar ao filho os desafios e as oportunidades do país. Os outros quiseram manter a tradição, mas fizeram da ousadia uma marca dessa dinastia masculina. Uma escolha corajosa para uma família de diplomatas.

— Não sei por quê.

— Não sabe mesmo. Você acha que ser diplomata é bater carimbos e frequentar coquetéis?

— Claro que não! Imagina se o meu pai sabe bater carimbos!

— Você não sabe, engraçadinho, mas os diplomatas duelam com inteligência, informações, com a capacidade afiada de negociar os melhores acordos possíveis, para evitar a força bruta das guerras. E você pertence a uma dinastia de alguns dos melhores diplomatas.

— Eu não vou ser diplomata.

— Você será o que quiser. Já sabe o que quer estudar?

— Não preciso; o meu pai já resolveu por mim.

— Ele que se atreva. Passo por cima dele com um exército de fantasmas de Leopoldos furiosos! O que ele quer é que você estude nas melhores universidades.

— Não vou discutir com você. Esse nome que não acaba mais deve ter alguma outra surpresa.

— Não, nervosinho. Tem apenas a tradição de colocar nele também o nome do padrinho, uma maneira de simbolizar o valor que os amigos têm. E você sabe que outro significado tem o nome Leo?

— Sei. Significa “leão”.

DANÇANDO

Felipe andou sumido nos últimos dias e na escola ficava calado, o Walkman sempre ligado, ouvindo sei lá o quê. Tentei perguntar se estava tudo bem e ele respondeu "claro!" com tanta irritação e com a cara fechada que eu logo vi que havia alguma coisa esquisita. Ontem, na hora da saída do colégio, insisti com ele:

— Aí, Felipe. Eu sei que tem alguma coisa errada contigo. Não é melhor me contar logo?

— Aí, Leo. Está vendo aquela esquina? Você vai reto até lá, dobra ali pela direita e some. Legal? Então, até.

Não disse mais nada. O Felipe é o sujeito mais alegre e tranquilo, até que alguma coisa misteriosa acaba com o humor dele. Fica calado, depois agressivo, e aí tudo volta ao normal, como se nada tivesse acontecido, quando ele inventa um jeito de levantar uma bandeira branca bem alto para mostrar que entendeu que errou e quer ser desculpado.

Vim para casa chateado com ele, e não gostei de almoçar sozinho. Helena tinha ido ao médico. No meu quarto, em cima da escrivaninha, vi de longe o envelope branco com a letra da minha mãe. Corri para ele e quando o levantei senti, imediatamente, que estava fino demais para uma carta; era um bilhete. Voltei a colocá-lo na mesa, apoiado contra a luminária. Resolvi não ler, pelo menos por enquanto.

Fiquei remexendo meus discos enquanto Freddie Mercury cantava: "*Mama, life had just begun, but now I've gone and thrown it all away*" (Mamãe, a vida tinha só começado, mas agora eu pus tudo a perder).

Bohemian Rhapsody
Queen

Eu olhava o bilhete na escrivaninha tentando adivinhar o que estava escrito nele:

Meu filho querido,
sinto muito informar que seu pai morreu. Estou voltando ao Brasil ainda hoje. Tente ser forte. Viveremos com dona Helena, sempre fazendo o melhor que pudermos para construir a nossa vida.

Beijos da sua mãe, que ama e adora você.

Cecília

Ou então:

Leo,
como sempre, estou sozinha neste casarão da embaixada. Refleti muito sobre as suas sábias ponderações e concluí, finalmente, que você estava, mais uma vez, coberto de razão, meu filho maravilhoso. Decidi então, mesmo contra qualquer vontade estúpida, teimosa e egoísta do seu pai, que você e dona Helena devem vir imediatamente para cá. O cheque que estou enviando é suficiente para as passagens. Quanto aos estudos, depois veremos como resolver. Venham logo.

Beijos da sua mãe, que morre de saudades de você.

Cecília

Minhas fantasias foram interrompidas por alguém batendo na porta. Era Helena. Corri para interromper a fita.

— Não adianta correr. Estou ouvindo desde lá de fora. Você e suas trilhas sonoras...

— É para ver se eu melhoro o filme da minha vida, que anda meio vagabundo.

Como sempre fazia, Helena ergueu as mãos e os olhos, como se falasse com Deus:

— Deus meu de misericórdia...

Eu a imitei para completar:

— ...dá-me paciência!

— Você pare de me imitar!

— Como foi no médico?

— Um inferno. Inventaram agora um teste para o coração em que você tem que ficar correndo numa esteira elétrica, até pôr os bofes para fora. Por que você não abriu a carta da sua mãe?

— Porque eu já sei tudo que está escrito lá.

— Que maravilha, agora ele é adivinho!

— Eu conheço a senhora sua nora.

— Não faça isso, Leo. Leia a carta da sua mãe. Esse é o bigodudo de que eu gosto?

— É, o Freddie Mercury, do Queen. Vamos fazer o nosso número?

Helena correu para o seu quarto, de onde voltou com a velha peruca loura, a saia colorida. Eu peguei no meu armário a bengala e a cartola do meu avô, do tempo em que ele serviu em Londres. Disparei outra vez a fita. "*I see a little silhouette of a man. Scaramouche, scaramouche, will you do the fandango?*" (Vejo uma silhuetinha de homem. Covardão, covardão, vai dançar o fandango?)

Helena dança, eu faço a dublagem usando a bengala como microfone. Ela engancha o braço no meu e rodopiamos pelo quarto, enquanto eu tiro e ponho a cartola e ela me imita com a peruca. Maria veio ver que confusão era aquela e ficou em pé junto à porta, rindo e batendo palmas. Felipe chegou, jogou a mochila no chão e começou a cantar junto conosco. A guitarra grita, a bateria vibra, agora é puro rock and roll. "*Nothing really matters, anyone can see,* [...] *nothing really matters to me*" (Nada importa mesmo, qualquer um percebe, [...] nada importa mesmo para mim).

Quando acabou, nos abraçamos os quatro juntos, pulando e gritando. Fiquei feliz de o Felipe aparecer. Helena estava animada, dando gargalhadas, e despencou sobre a poltrona, arfando. Suava muito, um pouco pálida; começou a tossir, mas sempre rindo. Fiquei preocupado. Felipe estava deitado na minha cama.

— Helena! Helena, você está bem?

— Estou... Estou ótima... Só cansada... Já vai passar...

Ela continuava a tossir muito, ofegante, o rosto congestionado e logo bastante pálido.

— Traga um pouco de água para mim...

Corri à cozinha e, quando voltei, ela estava mais tranquila, a tosse passara. Maria estava ao seu lado segurando-lhe a mão e Felipe a abanava com um caderno. Tomou alguns goles e o resto jogou em mim.

— Já está boa. Pare de rir de mim! Você me assustou!

— Boboca. Só fiquei cansada com essa farra toda. Ser atleta e roqueira num mesmo dia é demais para mim. Vou tomar um banho e deitar um pouco para descansar.

TRANSFORMAÇÃO

Helena saiu para o seu quarto e eu achei que ela já estava melhor. Felipe abriu a mochila, tirou duas fitas e me entregou uma delas.

— Para você, presente sem data, como diz o meu pai. Acho que é porque nem sempre pinta a grana no aniversário, aí ele chega com um presente "sem data". É o último disco deles.

— Legião Urbana! Eles são o máximo, Felipe. Obrigado, cara, de verdade. Você já ouviu?

— Ouvi o do meu irmão quando ele pôs pra tocar e enquanto eu estava gravando pra você.

— E gostou? Não é incrível?

— Gostei de algumas coisas...

— Ficou maluco? É tudo lindo!

— Sei lá... Gostei de uma chamada "Tempo perdido", porque é o que eu queria sair gritando por aí.

Felipe também gostou, apesar de preferir músicas "mais românticas". Alguma coisa estranha estava acontecendo. Aquele era o cara do metal pesado, "enferrujado", como ele dizia.

— É a Alice, não é?

— Acho que ela está mudando tudo desde que entrou na minha vida.

— O que significa "desde que entrou na minha vida"? Você estuda com ela há uns oito anos!

— Onze anos e sete meses.

— Por que tanto tempo?

— Estamos juntos desde a pré-escola.

— Estamos juntos? Felipe, você enlouqueceu?

— Não sei. Às vezes acho que sim; em outras acho que loucura foi viver sem ela todo esse tempo.

— Mas você não vive com ela, Felipe! Você está maluco.

— Leo, eu não consigo parar de pensar nela. Tudo que eu vejo, ouço, cada coisa que existe no mundo ficou diferente desde que ela chegou.

— Ela chegou há onze anos e sete meses! Nada mudou!

— Então fui eu que mudei. Meu pai e meus irmãos acham que sou um idiota, e minha mãe e minhas irmãs só me chamam de "insuportável". Só falta você...

— Deixe de ser besta. Será que foi bom dar o meu lugar para você?

— Claro que foi. Agora eu passo o tempo todo olhando a cabecinha dela, os cabelos ruivos...

— Isso não pode fazer bem, cara.

— Comecei a tocar os cabelos dela com um lápis... Ontem ela percebeu e me olhou com uma cara...

— Uma cara de "você quer parar de ser maluco e ficar passando um lápis no meu cabelo?"?

— Exatamente! A cara que ela fez foi essa mesmo! Você viu?

— Não precisa ver, Felipe.

— Coloca essa música aqui, dos Paralamas do Sucesso. É o que eu queria dizer a ela, Leo. "Eu tive um sonho ruim e acordei chorando. Por isso eu te liguei. Será que você ainda pensa em mim?"

Quase um segundo
Paralamas do Sucesso

— Não é lindo?

— Eu gosto. É bonito sim, mas é triste, Felipe.

— O amor é triste.

— Essa é demais. Amor? Pode parar! Esse momento da vida se chama "buço com espinha", Felipe. Eu não consigo nem pensar: "Felipe ama Alice". Pra mim é simples; você diz a ela: "Oi, Alice. E aí, vamos tomar um sorvete?" Ou então: "Alice, eu pensei se não seria legal ouvir música com o Leo". Ouvimos umas músicas legais, dou uma saída para ver qualquer coisa e você dá uns beijos nela.

— Para! Você não tem sentimentos, Leo? Ela vai rir da minha cara. Só isso. Um segundo antes de ir embora.

— Como você sabe? E se ela achar legal e perguntar qual o seu sorvete preferido ou quando você quer ir à casa dela ouvir música?

— Você não sabe como é a Alice.

— Você sabe?

— Onze anos e sete meses de convivência, cara.

— Enlouqueceu. Você nem fala com ela, Felipe.

— Já falei muito. E nem dava valor a toda a felicidade de poder falar qualquer coisa com ela, a qualquer momento. Como eu era feliz...

— Você está maluco. A gente ainda coleciona carrinhos, cara.

— Colecionava! Amanhã eu darei todos os meus pra você. É o amor, Leo. Você ainda não entende. É o amor...

— Tenho uma ideia. Vamos conversar com a Helena. Ela vai saber ajudar.

— Eu tenho vergonha. De jeito nenhum.

— Imagina. A Helena sabe entender e explicar qualquer coisa.

— Você marca logo? Por favor! Por favor!

— Eu falo com a Helena e amanhã na escola eu aviso você de quando vai ser.

QUEM ME DERA

Leopoldo Armando,
espero que você e sua avó estejam bem. Seu pai e eu já estamos construindo a nossa rotina, agora que as coisas estão se organizando. Praga é uma cidade deslumbrante, cheia das mais belas construções de muitos períodos da história, desde a Idade Média. Será uma oportunidade valiosa para você ampliar e aprofundar seus conhecimentos sobre estilos arquitetônicos.

Nossa casa é bonita e confortável, e a embaixada tem uma equipe disciplinada e eficiente, bem ao gosto de seu pai.

Como vão os estudos? As notas de matemática melhoraram? Você gostaria de ter aulas de reforço? Pense nisso e me avise.

Como vai sua avó? Cuidado para não se transformar em um peso para ela. Ajude-a com as tarefas domésticas e fique atento para as pequenas oportunidades cotidianas de fazer gentilezas, que são importantes nos longos convívios.

Escreva-me contando as novidades. Lembre-se de que, mesmo utilizando o malote da embaixada, o ir e vir das cartas será lento. Portanto, a cada vez, mande-me muitas notícias. Um beijo.

Cecília

— Pronto, aí está. Esta é a amorosa mãezinha escrevendo. Eu avisei que não havia nenhuma chance de ela querer dizer coisas como filhinho, filhote, meu querido, que saudades, não vejo a hora; essas coisas de música de colégio no Dia das Mães.

— Olha o sarcasmo.

— Helena, mãe é uma coisa aconchegante, macia, morninha nos dias frios, fresquinha no verão. Mãe dá beijos, afaga com os braços, a cabeça, o colo, e aperta até a gente reclamar. Qualquer versinho, qualquer música explica que mãe é assim, qualquer uma. A minha não é desse jeito, Helena, e não adianta esperar nada.

— Sua mãe é uma pessoa maravilhosa, apenas um pouco formal. Deve ser defesa ou a educação que teve naqueles internatos.

— Alguma coisa deve ser, não é? Mas nada de muito bom.

— Você está revoltado, eu compreendo.

— Talvez. Podemos falar sobre outra coisa? Estou preocupado com o Felipe.

— Claro que sim. Felipe é um grande amigo, né?

— O melhor. Acho que ele precisa de ajuda e eu queria que você conversasse com ele.

— Mas é claro! Algum problema grave?

— Ele diz que está amando.

— É grave... Eu ainda estou um pouco cansada. Pode ser amanhã?

— Claro! Ele vai adorar.

AGENDA

Na porta do colégio, 7 da manhã, Felipe já me esperava no portão, sentado na mochila, roendo as unhas, batendo os pés.

— Hoje, Felipe. Lá em casa, lá pelas 5 e meia. Feito?

— Maravilha! Essa conversa com a Helena vai me ajudar muito.

— Claro que vai. Principalmente se você tiver juízo e voltar a chamá-la de dona Helena.

— Desculpe! Esqueci. Não vai acontecer outra vez.

— Tudo bem, tranquilo. E aí? Falou com a Alice?

— Falar o quê?

— Quer ver eu falar com ela e o mundo não acabar?

— Vantagem nenhuma. Você não ama a Alice. Ou ama?

— Claro que não! Vou convidar a Alice para ir lá em casa amanhã ouvir música com a gente.

— Não! Ficou maluco?

— Você foi quem ferveu a cabeça. Vou só chamar uma amiga para ouvir música lá em casa.

— Ela vai pensar que você quer alguma coisa com ela.

— Ou vai pensar que estou ajudando o meu amigo idiota.

— Pior ainda!

— Mas é verdade.

— Eu não quero que ela saiba! Quer dizer, eu quero, mas não agora... Não, eu quero agora, mas não assim...

— Felipe. Acorda! Cinco e meia lá em casa, tá bom?

— Mas você não vai falar nada com a Alice.

— Claro que não. Vamos conversar com a minha avó.

ÁRVORES

Quando cheguei com o Felipe, Helena estava sentada na espreguiçadeira debaixo da árvore maior, que é como eu sempre chamei a mangueira que cobre o jardim dos fundos. Em torno da casa há árvores e jardins de todos os tamanhos, como o da frente, pequeno e florido, e o de trás, arborizado, gramado, com uma parte de areia e outra de terra batida. De cada lado estão os que meu avô batizou de "canteiros ocidentais", onde ele me ensinou a plantar alface, tomate, feijão, um pé de limão-galego, um de figo, outro de caqui e uma pequena parreira de maracujá, e os "canteiros orientais", imitação de jardins japoneses, onde fizemos um laguinho com peixes, jardins ornamentados com pedras redondas e uma pontezinha vermelha de madeira, que, segundo a Helena, liga o nada a lugar nenhum. Meu avô dizia que as pontes são símbolos, que aquela era apenas uma lembrança do que ele tentara fazer a vida inteira como diplomata: aproximar o nosso país de outros povos do mundo.

Na mesa baixa de vime havia uma enorme jarra de suco de maracujá com muito gelo, um prato com sanduíches e um pote dos meus biscoitos preferidos, aqueles recheados de goiabada. Helena pôs no chão o jornal que estava lendo e abriu os braços chamando-me para perto com as duas mãos, sinal de que queria dar e ganhar beijos. Fez a mesma coisa com o Felipe. Serviu dois copos, ofereceu os sanduíches e se dirigiu ao meu amigo:

— Então, Felipe. Você sabe do que eu sentia mais falta quando morávamos fora?

— De tudo, né, dona Helena? Eu ia morrer de saudades daqui.

— Não, Felipe. Este país é tão grande, com coisas tão diferentes, que eu acho que ele não existe, que só acontece na imaginação da gente. Eu sentia falta era deste quintal, destas tardes cariocas e de maracujá. Isso é que é o Brasil.

— Frase de avó?

— Deixe de ser ranzinza, Leo.

— Ranzinza?

— É, ranzinza. Palavra de avó.

Ela riu, piscou para o Felipe, que estava atracado com um sanduíche e rindo de mim. Ela tinha conseguido deixar o ambiente leve, o Felipe à vontade.

— Pois é, Helena. Ele está amando.

— Mas que maravilha! Parabéns!

— A senhora acha, dona Helena?

— Mas é claro. Amar é uma delícia. É um privilégio! É uma celebração! Uma promessa da vida!

— Helena! Alô! Atenção! Meu amigo aqui está sofrendo de amor.

— Isso faz parte. E então, Felipe?

— Eu não sei explicar muito bem, dona Helena.

— Vamos começar pelo início. Ela já sabe?

— Ela não sabe de nada. Talvez tenha me achado meio esquisito.

— Ela também gosta de você?

— Claro que não. Acho que ela me odeia. Não, eu acho que ela me despreza.

Pois é, os exageros do Felipe. Sempre. Foi difícil explicar para a Helena que ele passava o lápis pelos cabelos da pobre menina, não podia evitar. Algumas vezes ela percebia ou, ainda pior, sempre havia uma chata para avisar: "Alice! O Felipe está passando o lápis na sua cabeça!" E todo mundo ria dele.

— Acho que eu estou amando.

— Deus meu de misericórdia...

— Pare, Leo. Não é brincadeira.

— Eu não estou brincando, Helena. Ele está completamente maluco.

— Não está maluco coisa nenhuma; vocês estão crescendo. Quase tudo que está acontecendo com vocês é pela primeira vez. O exemplo mais simples é o que ocorre com o corpo: parece que vocês são desajeitados, estabanados, que vivem esbarrando nas coisas, tropeçando em tudo, derrubando o que está em volta. Talvez seja porque vocês não saibam o tamanho que têm; crescem tão rápido que, quando se acostumam que as mãos, os braços e as pernas são desse tamanho, tudo já cresceu, vocês já estão maiores e já precisam aprender tudo de novo. Vocês são como árvores que estão ficando maiores e vão sendo apanhadas por ventos desconhecidos, que antes passavam direto por cima delas. Além disso, como são maiores, mais troncudas e com copas maiores, oferecem mais resistência ao vento e, é claro, são muito mais sacudidas por ele. As árvores mais velhas, como eu, já conhecem muitos ventos, e isso nos ajuda a ter uma coisa que esperamos dos outros mas nos damos muito pouco: paciência. Acho que precisamos agora é dar um jeito de reunir aqui em casa vocês dois, a Alice e outros amigos, para essas pressões todas começarem a diminuir e vocês sentirem esse gosto bom de ser jovem. Que tal no domingo? Para ouvir música?

NA ESCOLA

Hoje de manhã, quando pedi à Helena que me levasse à loja de discos em Copacabana, ela concordou, mas sugeriu que antes eu desse uma olhada nos que ela estava guardando e que talvez fosse o momento certo para serem meus. Eu quis saber onde estavam, mas ela disse que preferia arrumá-los um pouco antes, com a Maria, e tirar o pó deles. Prometeu que amanhã vou ter todos eles. Será que são muitos?

Na escola, na hora do recreio, combinei com todo mundo o encontro de domingo lá em casa. Felipe quase se escondeu atrás de mim quando fui falar com a Alice. Ela apenas abriu um sorriso, disse "bárbaro!" — bem metidinha a independente — e perguntou o horário. Antes dela, convidei o Antônio, o Pedro, a Clarisse, a Carolina e a Laurinha. Alice ficou por último porque o Felipe não queria que ela soubesse que tudo era para ele poder estar ao seu lado fora da escola. Não sei até quando eu vou ter paciência. Tomara que a Helena não ache que oito pessoas é gente demais. Combinamos que cada um poderá levar o que quiser para ouvirmos juntos, mas eu vou ficar meio encabulado com os meus mesmos discos de sempre. Acho que todo mundo tem os que eu tenho.

Helena e Maria trouxeram várias caixas de papelão do quartinho de guardados, em cima da garagem, e as empilharam no escritório do meu avô, onde as duas fizeram questão de fechar a porta e passar o dia inteiro rindo, levando e trazendo aspirador de pó, flanelas, espanadores. Quando ofereci ajuda, Helena mostrou o muque e riu:

— No dia em que você me vencer na queda de braço, eu vou pedir a sua ajuda.

Maria completou sorrindo: "Aprendeu, batuta?" No final do dia Helena, veio conversar.

— As caixas estão prontas. Amanhã, quando chegar do colégio, montamos o seu som aqui.

— Onde vamos fazer a reunião no domingo?

— Na sala de estar, lá embaixo, onde vocês terão mais conforto. Está bem assim?

— Está ótimo, Helena. Posso ver os discos?

— Ainda não. As caixas precisam ser postas em ordem, porque formam uma coleção que vem sendo feita há décadas, e agora uma parte dela passará a ser sua.

— De quem eram esses discos todos?

— Do seu pai.

— Do meu pai? E são bons?

— Amanhã é sexta-feira, e você poderá escutar e ver tudo até quando quiser. Se não gostar de nada, sábado saímos e compramos alguns discos novos. Mas acho que você vai adorar.

— E a outra parte da coleção?

— Foi minha e do seu avô.

— Mas elas são muito diferentes?

— Não. A do seu pai e parte da minha são discos de rock.

— Rock? Rock and roll?

Meu pai gosta de rock? Impossível. Eu queria ver tudo, mas Helena tinha outras ideias.

— Não é pedir demais para você esperar até amanhã e ver tudo com calma.

— E o resto da sua coleção e a do meu avô? O que tem nelas?

— Elas se confundem um pouco, porque os discos do seu avô me marcaram bastante; acho que foi ele quem me ensinou a gostar de música. Daí em diante colecionamos juntos; tem muita música brasileira, desde os anos 1930 até hoje, e muito jazz. De rock seu avô não gostava.

— E você gostava?

— Gostei no início, até os anos 1960. Nós discutíamos porque ele dizia que era música sem elaboração, repetitiva, juvenil. Mas via a maior graça de eu gostar. Ele parecia achar graça na mulher dele.

— Uma mulher bem maluquinha.

— Olha aqui, menino, você me respeite! Sua avó é roqueira, mas ainda é sua avó!

CAIXAS DE MÚSICA

Quando cheguei do colégio, as caixas estavam no escritório do meu avô, todo arrumado, com a aparelhagem de som instalada. Helena queria mesmo me ver feliz.

— Acho melhor deixar você à vontade. Eu tenho muito que fazer e isto vai levar tempo. Também não há pressa porque amanhã é sábado.

Fiquei sozinho com aquele monte de caixas de papelão. Eram gravações de muitas idades, várias delas de músicos e bandas que eu nunca ouvira falar: The Who, Emerson, Lake & Palmer, Genesis, Pink Floyd, James Brown; em outra caixa estavam Frank Zappa, Traffic, Jefferson Airplane, The Kings; mais duas: Fleetwood Mac, Joni Mitchell, John Fogerty, The Mamas and the Papas, Linda Ronstadt, Santana, Led Zeppelin, Simon & Garfunkel, The Allman Brothers Band, The Velvet Underground, Van Morrison, Ramones, David Bowie.

Eram muitos discos; não faço a menor ideia de quantos. Estavam embalados com todo o cuidado, um a um, em envelopes plásticos transparentes. Dentro das capas, os discos estavam limpos, sem nenhum arranhão, como se fossem novos.

Mal consegui chegar ao final da primeira fileira de caixas porque era irresistível a curiosidade de descobrir o conteúdo da segunda, em que logo na primeira caixa se lia, no canto de uma das laterais, em letras vermelhas: DEUSES E DEUSAS I. Fui tirando com cuidado os envelopes de plástico com etiquetas adesivas: Janis Joplin, Grateful Dead, Jimi Hendrix, Bruce Springsteen, Eric Clapton, Cream, The Byrds, Crosby, Stills, Nash & Young, The Rolling Stones, Bob Dylan, The Beatles. Eu não podia acreditar no que via.

Então todos eles eram meus? Havia música ali para ouvir durante anos, sem interrupção! Encontrei outras caixas com o nome HERANÇA, numeradas, com os discos que deviam ser da Helena quando passaram para a coleção do meu pai. Elvis Presley, Chuck Berry, Bill Haley and His Comets, Bill "Smokey" Robinson, Aretha Franklin, Ray Charles. Outra caixa: The Everly Brothers, The Drifters, Buddy Holly, The Band, The Four Tops. Mais uma: Little Richard, The Moonglows, Roy Orbison, The Supremes, Otis Redding, Sly and The Family Stone, The Shirelles, Sam & Dave, Sam Cooke, The Coasters. A coleção de discos grandes e pequenos, muitos deles apenas com uma pequena capa de papel, era imensa: Fats Domino, Dionne Warwick, Martha and Vandellas, The Flamingos, Robert Johnson, Bessie Smith.

Eu queria ouvir todos e não sabia por onde começar. Pensei em misturar tudo e sortear o que ouviria, mas não queria desfazer a ordem das caixas nem a dos discos dentro delas. Resolvi começar por alguma coisa que eu já conhecesse; na primeira caixa da série DEUSES E DEUSAS, uma capa em preto e branco trazia desenhados os rostos dos Beatles com uma única palavra: *REVOLVER*. Eu sempre os achei muito bem-comportados, muito *pop* para o meu gosto, mas resolvi arriscar.

Meu primeiro critério seria ir ouvindo na ordem em que estavam guardados nas caixas numeradas de cada série. Tirei o disco da capa e o coloquei com enorme cuidado no prato do toca-discos; pousei a agulha sobre ele sem respirar, para não tremer. Sempre confiei na minha agulha, mas estava morrendo de medo de danificar aquelas preciosidades. Não conhecia muita coisa dos Beatles, além de uma ou outra canção. Na verdade, sei mais sobre o assassinato de John Lennon, o casamento dele com a Yoko Ono e a separação dos quatro *beatles* do que sobre a música que eles faziam. Minha surpresa começou na primeira canção, "Taxman", muito diferente do que eu esperava deles. Foi escrita pelo George Harrison, e eu nem sabia que ele era tão bom compositor — talvez seja o integrante de que mais gosto.

Então os Beatles não são apenas uma coisinha bem-comportada? Talvez porque o meu padrão seja o Iron Maiden, a rapaziada da Legião. Acho que gosto de coisas mais pesadas e ácidas, e isso não se parecia nada com Beatles. Mas "Eleanor Rigby" foi um soco. Não sei dizer que instrumentos estão tocando — uma porção de sons que não conheço, instrumentos completamente novos! A letra é triste e eu, outra vez, achei que ela falava comigo. "*All the lonely people, where do they all come from?*" (Todos os solitários, de onde eles vêm?)

Eleanor Rigby
The Beatles

"Here, there and everywhere" parece feita para o amor do Felipe pela Alice: "*I want her everywhere, and if she's beside me I know I need never care*" (Eu a quero em qualquer lugar, e se ela está ao meu lado nem preciso me preocupar).

Here, there and everywhere
The Beatles

"Yellow submarine" tem humor, brincadeira, como se eles estivessem querendo fazer um "teatro" — e eu nunca ouvi nada parecido. Cada canção parece uma história, a vida de alguém contada ali para que a gente saiba que há muito mais além de nós, que há muitos mais como nós. Mas alguma coisa me escapou no que eles cantavam, e eu fui ver se as letras estavam no disco. Quando abri a capa para ver se havia um folheto lá dentro, achei bem no fundo uma pequena ficha datilografada em papel pautado. No alto, em letras maiúsculas sublinhadas de vermelho, estava o título: REVOLVER (5/8/1966). Na linha de baixo, "Londres, 18/8/1966. Presente da mamãe pelo meu aniversário, com outros três discos (*Aftermath*, Rolling Stones; *My Generation*, The Who; *The Freewheelin' Bob Dylan*, Bob Dylan)". E a seguir vem uma opinião sobre o disco:

> *O melhor disco do grupo! Uma experiência nova na composição de canções! Os três compositores abrem novos horizontes — Harrison, comentarista político com "Taxman"; McCartney amplia ainda mais sua riqueza melódica com "Eleanor Rigby", "Here, there and everywhere" e "For no one"; Lennon narra visões de sonhos com "I'm only sleeping" e, principalmente, "Tomorrow never knows" (a sonoridade distorcida dos instrumentos e das vozes é uma experiência incrível). Adjetivo: intrépido.*

Logo depois aparece uma anotação a lápis: "Ver *Fifth Dimension*, The Byrds". Do outro lado, uma nota:

> *Adorei os presentes da minha mãe. Como sempre, ela quer manter a discussão acesa: Beatles ou Rolling Stones? Eu continuo com o Lennon, lamentando que os Rolling Stones tenham assumido a imagem de roqueiros, enquanto os Beatles — veteranos do ambiente barra-pesada das madrugadas no Hamburg Club — pareçam filhinhos de mamãe.*

Mas quem olhava pela TV os rapazes alegrinhos e bem penteados parando a América em uma noite de 1964 não imaginava estar diante de artistas que iriam, por meio do rock, revolucionar a música do século XX, como Duke Ellington ou Charlie Parker fizeram com o jazz.

O disco a seguir era *Sgt. Pepper's Lonely Hearts Club Band* e, logo depois, *Magical Mystery Tour* — cada um tinha uma ficha nos mesmos moldes dentro da capa, fazendo comentários sobre o disco, comparações, estabelecendo conexões com outros discos, numa espécie de rede que parecia se estender por toda a coleção, além de apontar para outros discos que faltavam nela. Eram muitos discos, muita música, montanhas de informações, infinitas possibilidades de relação. Comecei a entender que as fichas criavam caminhos para trás e para diante na história daquela música, que influências recebia, o que tinha influenciado depois. Criavam também caminhos para um lado e para o outro, fazendo comparações com outros discos lançados em períodos próximos, situando aquele disco em alguma tendência da época.

Resolvi voltar ao início, porque eu já não estava ouvindo mais nada, apenas lendo fichas. Peguei outra vez a ficha de *Revolver* e fui separar todos os discos que estavam mencionados ali. As indicações ajudavam bastante a encontrar os discos dentro das caixas, e logo eu tinha todos eles nas mãos. Música após música, cada uma delas parecia me dizer que ainda não ouvira nada, que perdera a direção dos lugares onde ficavam canções como essas, e aqueles cartões eram como mapas me guiando pelas caixas, como se elas fossem continentes inexplorados. O álbum seguinte, pela ficha, estava para trás no tempo: Bob Dylan, *The Freewheelin' Bob Dylan*. Estava claro por que voltar a 1963 e ouvir Bob

Dylan — ele fazia parte daquilo, ele já dizia coisas que não eram reais, mas sim verdadeiras. E aquela música, aquele jeito arrastado de cantar, aquela gaita, o violão, eu não sabia de onde vinham, mas sabia que adorava. *"Yes, 'n' how many times must the cannonballs fly before they're forever banned? The answer, my friend, is blowin' in the wind"* (É, e quantas vezes voarão as balas de canhão até que sejam banidas para sempre? A resposta, meu amigo, está solta no vento).

Blowin' in the wind
Bob Dylan

A ficha tinha muitas anotações e várias setas, horizontais e verticais, em todas as direções. Escolhi a que dizia "*Bob Dylan Live 1966*", com uma palavra datilografada em vermelho: ARTIGO. Quando encontrei, eram três discos protegidos por um papel de seda desbotado, que deve ter sido azul tempos atrás. As capas eram de cartolina branca, sem nenhuma palavra, foto ou desenho, nada impresso em nenhuma delas. Dentro do embrulho, fora das capas, estava um envelope de papel pardo, fechado por um clipe enferrujado. E dentro dele, uma ficha presa e folhas de papel pautado, datilografadas e anotadas cuidadosamente. Resolvi ler na ordem em que elas estavam presas.

"DA SORTE DAS TESTEMUNHAS"

Não acreditei que ele voltaria este ano — Bob Dylan ia tocar outra vez em Manchester em maio! Ano passado eu virei o mundo do avesso para cavar dois dias no meio da correria de trabalhos e provas e inventar algum dinheiro. Valeu a pena. Foi como sentar na sala de visitas do gênio e ouvi-lo tocar seu violão maravilhoso e depois, surpreendentemente, guitarra elétrica! Quantas vezes ele voltasse, quantas eu iria atrás dele a qualquer parte do mundo. E ninguém imaginava quanta história aqueles 1.800 caras presenciariam — eu tinha de estar entre eles!

Adiei, antecipei, empurrei para cá e para lá, dei socos e cotoveladas nos compromissos, passei noites acabando trabalhos, até ter os dois dias vagos para ir e vir, para cruzar metade do país, de Cambridge a Manchester, assistir ao show e estar limpo e recuperado para as aulas. Com um agravante dramático: sem dinheiro! Depois de juntar todos os trocados e pedir o impossível aos melhores amigos, tinha o suficiente para o fundamental: o ingresso, um pacote de pão, uma lata de salsichas, dois tomates e quatro laranjas — toda a comida durante a minha expedição; absolutamente mais nada, coisa nenhuma, zero! Ou seja: ida e volta de carona. O diabo é que o concerto caiu em uma terça-feira, 17 de maio deste ano de 1966. O medo de não conseguir ingresso não deixa espaço para qualquer acordo com o sono — o melhor é pôr o pé na estrada no final da tarde de segunda. Cheguei aos arredores de Manchester ao amanhecer e já estava na fila quando o guichê do teatro abriu.

A sala estava cheia. A presença dele provocava uma espécie de calma, de proximidade. A banda, The Hawks, era de primeira. O poeta solitário, o trovador tímido sem limite poético ou musical, queria mostrar o que sua arte quer e pode. Mas parece que nem todos estavam dispostos a concordar.

Uma parte do show correra com a mesma admiração feita de silêncio. Dylan se preparava para tocar "Tell me, momma"; a banda afinava seus instrumentos e, em vez do violão acústico, ele pegou uma Fender Stratocaster — uma guitarra elétrica! O público estava paralisado. O início foi apenas uma batida quase tímida, repetitiva. E então, numa fulminante virada da bateria, todos os instrumentos atacam cheios de vontade, centenas de watts derramados de todos os amplificadores, os ecos daquela voz única de menino brilham, buscando ainda outras sonoridades dessa sua música cantada, falada, lamuriando para cima e para baixo — mas agora também elétrica. O mundo jamais teria descanso; ninguém podia mais ser uma única coisa para sempre.

A porta se abriu e Helena entrou com uma bandeja cheia de coisas para comer.

— Está gostando?

— Eu não conheço quase nada disso! Por favor, não me mande dormir agora!

— Pode continuar até a hora que quiser, mas coma alguma coisa. O que você está lendo?

— Um artigo escrito pelo meu pai sobre Bob Dylan.

— Está gostando?

— Ainda não acabei de ler.

— Sei... Coma tudo, hein?

Aplausos. Ele não deixou o público respirar; atacou uma canção após a outra, sustentando a tensão que mantém a sala paralisada. "I don't believe you, baby, let me follow you down." Afinou a guitarra, soprou e aspirou sua gaita, sem dar chance a qualquer manifestação da plateia. Solos de guitarra de Robbie Robertson e um órgão eletrônico que parece um realejo.

Depois de "Just like Tom Thumb's blues", duas garotas correram para o corredor central e mostraram a Dylan um cartaz improvisado sei lá como: "Mande a banda embora". Ele nem deu bola e anunciou "Leopard-skin pill-box hat", e os comentários, as risadas, as palmas avisam que pode haver uma rebelião por ali. São manifestações esparsas, e a sensação é de estar em um barco que cruza ondas cada vez mais altas, sob nuvens pesadas, o vento chicoteando a cara, uma euforia carregada de medo, uma vontade de levantar e dançar ou de derreter para baixo da cadeira. E a tripulação começa a gritar contra o mar, contra o capitão.

Dylan não parou de dedilhar a guitarra, apurando sempre a afinação. Diante do microfone, começou a balbuciar consigo mesmo uma ladainha, na qual às vezes se percebia uma ou outra palavra, e terminou com "por que aplaudem tão alto?" Mais uma canção, mais aplausos, mais gritaria que não dava para entender. Eram 1.800 pessoas e opiniões, mas uma delas explodiu no meio da plateia escura.

Desde 17 de maio parece que todo mundo tem uma história diferente sobre o que aconteceu naquele show. As suspeitas recaem sobre um cara de 20 anos, idade de um veterano para a turma que estava aquela noite em Manchester. O nome dele é Keith, que compareceu com um amigo, Chris.

Eu estava lá e vi o que aconteceu. Dylan terminou "Ballad of a thin man", ficou caminhando no palco, dando um tempo para a banda acertar detalhes. Alguém falou alguma coisa em voz baixa e todo mundo em volta riu. Talvez tenha sido o que encorajou o tal Keith, se é que foi ele. De repente, uma palavra clara, curta, aguda: "Judas!" Uma explosão de risos e aplausos parecia confirmar a opinião; várias outras coisas foram ditas, mas nada mais era claro, cada pedaço da plateia só percebia aquilo que era dito à sua volta. Dylan continuou a afinar a guitarra e a primeira impressão foi de que ele ia atacar a próxima canção. E ele disse com toda calma, espichando as palavras: "I don't believe you" ("Não acredito em você"). A resposta poderia ser uma referência ao título da canção anterior de Dylan, mas ele então deu os primeiros acordes de "Like a rolling stone", o baixo fez sua entrada e ele emendou quase sem conseguir conter um grito: "You're a liar!" ("Você é mentiroso!"). Virou-se para a banda e deu a ordem (embora também digam que a frase foi dita por Robbie Robertson): "Play fucking loud!" ("Toquem alto pra cacete!"). E eles tocaram como nunca. Fúria. Pura fúria.

Agora há uma enorme polêmica. Alguns defendem a ideia de que a revolta aconteceu porque Dylan teria traído a pureza e a profundidade do trovador e aderira ao poder elétrico das guitarras, ao grito ensurdecedor e violento dos amplificadores. Outros defendem Keith como o paladino, o cavaleiro solitário e corajoso que enfrentou a traição de Dylan às canções de protesto, à poesia etérea, delicada, para aderir ao sucesso fácil e popular de canções que, segundo informantes com acesso ao revoltoso, ele identificou em "Baby, let me follow you down" e "One too many mornings". Essa divergência vai durar muito tempo.

A volta a Cambridge foi um inferno, mas, de tanta excitação, eu poderia ter caminhado até o campus. Como a primavera já ia avançada, a temperatura estava ótima, e a chuva que me apanhou na volta na caçamba de uma caminhonete, entre sacos de batata e caixas de tomate, soou como uma bênção para um sujeito insone, sujo, exausto, faminto — e feliz.

Eu estava fascinado. Minha sensação é de que aquelas caixas que Helena trouxera criaram um vínculo de mistério — e de verdade — entre mim e um momento de história, revolução e rock and roll. No final, uma anotação a lápis:

Publicada na seção "Bloody Luckie Bastards" do jornal dos alunos do Modern History Department, Oxford University, junho de 1966. A gravadora de Bob Dylan até hoje não lançou a gravação desse concerto. Gravações clandestinas começaram logo a ser contrabandeadas. Eu tomei coragem e comprei a minha de um cara esquisito (indicado por um vendedor de uma loja de discos) em uma estação de metrô em Londres, na véspera do meu embarque para Nova York. Estava realizando meus planos, indo para o mestrado em Harvard. Agora já é 1969, o mundo é outro, estou olhando com o olho da vida adulta — aquele gesto clandestino foi uma despedida da infância.

Quando acabei de ler, olhei pela janela e vi o dia amanhecendo lá fora pela primeira vez em toda a minha vida. Não vi o tempo passar, não vi a noite chegar, nem a manhã. E assim, de repente, me dava conta de que havia um cara novo por ali, dividindo aqueles discos e aquelas experiências e memórias comigo. Eu gosto de pensar que é um cara de quem eu posso gostar. E que ele é meu pai. "*Hey! Mr. Tambourine Man, play a song for me. In the jingle-jangle morning I'll come followin' you*" (Ei! Senhor do Pandeiro, toque para mim. Na manhã barulhenta eu o seguirei).

Mr. Tambourine Man
Bob Dylan

A COLEÇÃO

— O que aconteceu de ontem para hoje foi como sonhar acordado, Helena. Estou louco para voltar para as caixas e ficar perdido entre elas, sem saber o que ouvir primeiro.

— As fichas não propõem um caminho?

— Ainda não sei. Elas falam de cada disco, estabelecem conexões e contam alguma coisa sobre a história dele. Se for importante, meu pai conta em um artigo. Pense no trabalho que deu fazer tudo isso!

— Imagino! Muito bem, mocinho, então vá aproveitar a sua coleção e me dê sossego!

— Só mais uma pergunta. Por que você me deu a coleção agora?

— Porque você adora essa música e eu achei que ela deveria ser sua. A coleção já esteve comigo há muito tempo, aguardando a hora de você se interessar por uma coisa assim, que dá trabalho, que deve ter uma organização. E música nenhuma foi feita para ficar guardada.

— Meu pai vai deixar levar todas essas caixas para Praga? Não é melhor falar com ele?

— Eu vou mandar e ele não vai devolver. Nenhuma chance de ele tentar argumentar comigo.

— Ótimo! Meus amigos virão aqui amanhã. Você acha que eu devo mostrar a eles?

— Acho que não, Leo. O Felipe vai estar inseguro por causa da Alice e a coleção vai deixar todo mundo vidrado. Separe algumas coisas para ouvir com eles e não mostre o resto.

PREPARATIVOS

— De onde eles vieram?

— Da coleção que ela e o meu pai fizeram durante anos. Tem muito mais. Os discos vêm com umas fichas com explicações e uns textos sobre coisas que aconteceram com o meu pai e têm a ver com os discos, com as bandas, os músicos. O que significa rock and roll para você?

— Sei lá. Acho que é "pedras que rolam".

— Não, Felipe, isso é o significado de "*rolling stones*". Quero que você leia um artigo que veio junto, enquanto vou colocar este disco de um grupo da Califórnia chamado Beach Boys. Os vocais eram muito originais na época e havia gente que os considerava os Beatles da Califórnia, junto com o Jefferson Airplane.

— Não conheço nada disso. Tá tudo aí nessa ficha?

— Tudo aqui. Vamos ler enquanto ouvimos?

"BATISMO DA LOUCURA"

Se hoje você parar qualquer pessoa de 8 a 80 anos em qualquer cidade média de qualquer parte do mundo e perguntar o que é rock and roll, ela saberá responder. Mas tente perguntar aos seus amigos mais espertos o que significam essas palavras e eu aposto que, depois de horas ouvindo bobagens, nenhum deles saberá o significado correto. E como eu também não faço a menor ideia, resolvi aproveitar a já tradicional solidão dos feriados de Páscoa matando tempo na busca obsessiva da resposta a esta pergunta: o que significa rock and roll?

Na origem, "*rock and roll*" era um termo náutico, usado por centenas de anos por marinheiros. "*Rock*" se refere aos movimentos de uma embarcação para a frente ou para trás, enquanto "*roll*" se refere aos movimentos laterais. A expressão é facilmente encontrada na literatura inglesa desde 1600, sempre se referindo a barcos e navios. Até que em 1800 ela aparece bem distante do vocabulário naval, com um significado religioso, na música spiritual negra. Em 1912 ela aparece na gravação de "The camp meeting jubilee", uma canção gospel, dos evangélicos, cujos artistas só ficaram registrados como *Male Quartette* (Quarteto Masculino). Ela diz assim: "*Keep on rockin' an' rollin' in your arms, rockin' an' rollin' in your arms, rockin' an' rollin' in your arms, in the arms of Moses*" (Continue me balançando e me embalando, me balançando e me embalando nos seus braços, me balançando e me embalando nos seus braços, nos braços de Moisés).

É aí que rock and roll passa a fazer parte da música, embora antes de 1947 só cantores e ouvintes de gospel compreendessem o que era *rocking*. Como a palavra também significa "balançar", "embalar" e "ninar", logo eles começam a cantar "*rock me, Jesus*", "*rock me in the cradle of Thy love*", "*rock me, Lord*" ("embalai-me, Jesus", "embalai-me no berço do Vosso amor", "embalai-me, Senhor"), e muitas outras, sem que nada disso tirasse da palavra "*rock*" a referência ao ritmo poderoso da música gospel, especialmente nos anos 1940.

Enquanto isso, os músicos negros não religiosos usavam o termo referindo-se a dança, sexo — muitas vezes, os dois.

Em 1928, Duke Ellington gravou "Rockin' in rhythm" e, em 1929, "Banjo" Ikey Robinson fez Rock me, mama", mesmo ano do sucesso de Lil Johnson, "Rock that thing". As duas palavras aparecem juntas em "Rocking and rolling", com Robinson's Knights of Rest, em 1930. Sete anos depois, Georgia White gravou "Rock me, daddy" e, no ano seguinte, Ella Fitzgerald e a orquestra de Chick Webb fizeram sucesso com "Rock it for me".

Até que, em 1947, Roy Brown compôs o blues "Good rocking tonight", numa paródia do gospel em que explorava o duplo sentido da expressão "*rocking in a cradle*" (balançando num berço). O gracejo foi retirado da canção "Deacon Jones", de Louis Jordan, de 1943, sobre um religioso que roubava as moedas da caixinha das esmolas, se embebedava com o vinho da missa e se aproveitava das carolas da congregação. Brown avançou mais com o Diácono Jones e o pôs para dançar rock. O disco teve ótima venda, mas não era rock, e sim um blues lento.

Aí acontece o Wynonie Harris. Ainda em 1947, ele fez uma gravação da música de Brown que se tornaria histórica. Para valorizar o gracejo de Brown sobre aquelas pessoas da igreja *rocking* sem parar, ele mudou o ritmo da música acelerando a batida gospel da canção e ao mesmo tempo executou uma fusão espetacular com o blues. Harris não foi o primeiro a cantar blues com batida gospel; Big Joe Turner já fazia o mesmo anos antes. Brown também não foi o primeiro a usar o termo *rocking* com conotação sexual, mas foi Harris quem começou a febre, a mania do *rocking* no blues e no rhythm and blues, ou R&B, naquele fim dos anos 1940. Depois dele ocorreu uma onda de canções *rocking blues* em 1949 e 1950, que mudou para sempre o R&B — o *rocking* havia chegado; o boogie-woogie estava acabado para sempre. Aquela nova música tinha uma batida poderosa e precisava de um nome.

O nome R&B surgiu em 1949 e era uma palavra abrangente demais, já que incluía toda a música negra, com exceção do jazz e do gospel. Baladas, blues tradicionais, tudo podia ser classificado como R&B. Quem começou a batizar aquela música nova e revolucionária foi um DJ e promotor de festas de Cleveland chamado Alan Freed. Ele estava divulgando o Baile de Coroação Moondog (apelido de Freed), que seria na Cleveland Arena naquela sexta-feira, 21 de março de 1952. Queria pôr para tocar toda aquela música que ele adorava e sabia que a rapaziada gostava de ouvir e de dançar, mas teve medo de provocar problemas raciais em seu programa de rádio e promoveu a festa Festa Rock'n'Roll do Moondog. A multidão que apareceu forçou as portas e 20 mil pessoas lotaram os 10 mil lugares da Cleveland Arena. Agora existia um ritmo, um nome e uma vocação para juntar multidões: estava nascendo a mais popular de todas as músicas — o rock and roll.

REVELAÇÕES

Felipe foi embora quando sua mãe telefonou perguntando se ele se lembrava de onde era a sua casa. Foi ótimo termos ouvido música juntos, mas acho melhor ouvir sozinho. Pelo menos enquanto ele estiver "amando". Cada palavrinha, cada nota de cada instrumento está ali para falar da Alice ou do que ele sente por ela. Tá bom, o cara está sofrendo e eu quero mais é ajudar, mas tem limite.

Ainda estou sob o impacto de descobrir coisas que nunca imaginei sobre o meu pai, principalmente quando ele escreve sobre a sua juventude. Eu sabia que ele tinha estudado na Inglaterra e nos Estados Unidos, mas nunca o imaginei viajando de carona, inventando sanduíche de salsicha com tomate, pois hoje ele é um cara que reclama do ponto do ovo quente, da consistência da manteiga, da quantidade e do tamanho das bolhas de cada marca de água mineral, de tudo o tempo todo. Nunca pensei que ele fosse capaz de tanto sacrifício para ver Bob Dylan. Ouvi as canções, as manifestações que ele conta, todas gravadas, até o cara gritando "Judas!" Que época! Tanta coisa acontecendo, e a última pessoa que eu imaginaria lá era o tal do meu pai.

Estou confuso com tudo isso — acho que era exatamente o que a Helena pretendia. E se eu errar julgando mal o meu pai e fechar as portas para ele? E se eu julgar mal o meu pai baixando minha guarda para ele? E se eu estiver fazendo as perguntas erradas?

Quando fiquei sozinho resolvi voltar aos discos do início das descobertas, aqueles que meu pai ganhou junto com *Revolver*, dos Beatles. Decidi que começaria a me esparramar um pouco, em vez de seguir a trilha de uma única banda até onde pudesse. Vou começar a ouvir The Who. Impossível pensar em dormir.

VÉSPERA

"People try to put us d-down — Talkin' 'bout my generation — just because we get around — Talkin' 'bout my generation" (As pessoas tentam re-rebaixar a gente — Falo da minha geração — só porque a gente sai impune — Falo da minha geração).

My generation
The Who

É como se eu ouvisse um eco vindo do passado, como se esse cara gaguejando mais de 20 anos antes de mim, antes das minhas perguntas feitas no silêncio, antes de todas as minhas músicas que continuam tentando de outras formas, de tantas, de todas as formas abrir um lugar onde possamos viver uma existência nossa. Minha geração, *baby*. Minha geração. E a música, apenas a música, já tem esse eco, um eco feito de música, como se o Who fosse familiar e toda aquela música pesada, de 1966, soasse muito próxima do que gosto de ouvir agora. A canção é bem maior do que estou acostumado, tem mais de sete minutos! O início é pesado, com uma guitarra e uma bateria incríveis e uma voz rascante, falando, gaguejando — "*Talkin' 'bout my generation*". Depois, tudo vai se calando lentamente, a bateria, o baixo, tudo desaparece para a guitarra fazer um improviso que não tem muito compromisso com o tema inicial, que explora várias sonoridades, quase brinca de ser um violão acústico. O vocalista "improvisa", vozes dos outros músicos respondem, a bateria responde, a guitarra também. Ela se exibe. Ela pode. A bateria vira, o baixo volta, outra seção até o fim onde parece que, sem um ponto-final, tudo se dissolve.

Preso na capa do disco há um envelope cheio de fichas, a maior quantidade que encontrei até agora sobre uma única banda. Ouvi os discos do Who um após o outro, sem conseguir parar, compreendendo as conexões entre várias bandas, cantores e autores, muitas vezes distantes uns dos outros no tempo e no espaço.

As músicas são sofisticadas e a cada álbum eles exploraram uma coisa nova. Numa ficha encontro uma anotação em vermelho, cheia de entusiasmo: "São músicos! Estes são músicos!" Meu pai fez uma porção de anotações sobre os quatro para comparar aos outros dois grupos de que, até onde leio nas fichas, ele também gostava. Os Beatles, os Rolling Stones e o Who — por causa do sucesso que fizeram nos Estados Unidos na época — foram chamados de "*the British Invasion*": a Invasão Britânica.

Pete Townshend, o guitarrista do Who, era também o principal compositor. Estudou artes e literatura e queria experimentar os limites da sua criação. Roger Daltrey desejava cantar estourando os agudos, como uma explosão expressiva, apaixonadamente. John Entwistle era, além de baixista, o cabeça musical do grupo, o que mais sabia música e oferecia as soluções técnicas para as loucuras de Townshend. Keith Moon foi um dos maiores bateristas da história do rock, de uma energia impossível de resistir. Se todos tentavam experimentar, atravessar os limites, era ele, o grande Moon, quem tinha de segurar as pontas, além das suas próprias experiências malucas. Todo mundo naquela época queria cantar a paz e o amor. Pois eles declaravam que tinham "uma fúria nova, feita de agressão sonora comprimida".

Desde o início eles fizeram canções que falavam da angústia dos jovens, e aprofundaram o tom agressivo e desafiador de "My generation": "Tomara que eu morra antes de ficar velho". Eles foram uma espécie de representantes musicais do movimento inglês dos anos 1960 conhecido como *mod* — diminutivo de "*modernists*". O que estava surgindo era uma cultura da juventude, entendida na época como verdadeira revolução. Coisas difíceis de acreditar ainda eram comuns, como o castigo físico nas escolas, e até outras bastante simples: foi a primeira vez na história que os adolescentes tinham roupas criadas para eles, já que, antes, eles se vestiam como os adultos; apenas o tamanho era menor. Agora eles cortavam os cabelos e se vestiam como queriam. Os *rockers*, outra turma, consideravam os *mods* arrumadinhos, pitorescos, vaidosos demais com suas calças apertadas. Os *mods* usavam jaquetas e casacos militares longos e desfilavam sobre suas motonetas, como a Vespa, também modificadas com antenas dos velhos tanques do Exército. Os *rockers* preferiam as jaquetas largas, abertas, e andavam de motocicleta de muitas cilindradas. As garotas *mod* gostavam de roupas de couro preto, bem pequenas e apertadas. Mas não havia nenhum tipo de "moda" ou "uniforme" *mod* — ser diferente de todo o resto é que importava. Um símbolo dessa turma era uma camiseta com um alvo preto e branco no centro, igual à que Keith Moon usava.

O movimento dos *mods* também tinha seu lado ruim. Era comum o uso de drogas, como as anfetaminas; as brigas com os *rockers* eram gigantescas, às vezes com dezenas de feridos graves e muitos presos. Aqueles adolescentes eram os filhos do pós-guerra. A economia crescia e absorvia uma porção deles nos postos de trabalho. A grana era cada vez maior na mão dos jovens, e eles puderam influir nos hábitos de consumo e nos meios de comunicação. Toda essa capacidade de mudar, de propor, tinha outro lado: saber observar e aprender, estar aberto às influências.

Era para essas coisas que apontavam não só todas as anotações do meu pai, que eu devorava e apreendia enquanto ouvia um disco após o outro. Isso me dava uma ideia para o encontro com a turma da escola — vou preparar para eles uma seleção dos discos do Who. Se gostarem, se tudo correr bem, vou propor que a gente faça uma reunião como essa todo domingo e cada um prepare uma seleção de um grupo de que goste para mostrar aos outros.

MANHÃS DE DOMINGO

Fui dormir tarde outra vez e acordei cedo pensando na reunião. Os discos já estavam quase todos separados, porque com as fichas ficava fácil encontrá-los nas caixas. Quando desci para tomar café, senti o cheiro dos biscoitos e ouvi Helena e Maria conversando. Parei atrás da porta para tentar ouvir o que elas diziam.

— Ah, mas ele está muito feliz, dona Helena.

— Acho que ele está mais feliz do que antes. Sua ideia de dar para ele a coleção foi maravilhosa, Maria. Tenho certeza de que ele vai ler tudo, além de ouvir os discos.

— Sempre achei esse menino muito curioso, dona Helena. Eu me lembro dele pequeno, sentado na cadeira, lendo na mesa da cozinha o livro de receitas da mãe e perguntando tudo.

— Ele vai ler as anotações, vai começar a ver o pai de outra maneira, e os dois vão se entender. Estou certa de que Leopoldo Henrique vai adorar quando descobrir que o filho está ouvindo rock e cuidando da nossa coleção. Você acha que esses sanduíches vão dar? Essa meninada come que nem cupim.

— Eu faria uns bolinhos de chuva, que ele adora, dona Helena.

De onde eu estava, podia ver as duas em pé em frente à pia, enroladas em seus aventais brancos. Aquele era o melhor cheiro do mundo — bolos e biscoitos assando, o forno deixando escapar o perfume de manteiga, de açúcar caramelado. A mesa estava posta para o meu café e, ao lado, os potes de vidro coloridos cheios de biscoitos de goiabada. Voltei, subi e desci os seis primeiros degraus da escada para parecer que estava chegando e voei direto sobre os biscoitos.

— Que cheiro é esse?

— Você nem chegue perto, menino.

— É um só, Helena.

— Deixe o menino, dona Helena.

— E você ainda protege, Maria? Você ainda acredita neste farsante. É um só, Leo.

— Pronto, só um... punhado!

— Viu? Está satisfeita, Maria? Pegou uma porção!

— Ah, ele gosta, dona Helena.

— Ah, eu adoro, dona Helena!

— Eu quero ver é o que você vai servir quando os seus amigos chegarem.

— Ah, qualquer coisa, dona Helena.

— E ele está imitando você, Maria.

— Ah, deixe o menino, dona Helena.

— É, deixe o menino. Parece que não conhece.

— Puxa vida, Helena. Tem tanto biscoito. É só para o café da manhã; eu não vou comer mais. Se pelo menos fossem bolinhos de chuva...

— Seu peste, você estava ouvindo atrás da porta! Venha cá!

— Vai ter bolinho de chuva?

— Eu pego você!

— Não vá correr atrás do menino, dona Helena!

Helena veio correndo para mim, então levantei e corri para o outro lado da mesa. Ela estava com a colher de pau na mão e queria me pegar.

— Você pare, que eu quero lhe dar umas colheradas na bunda!

— E eu vou parar pra levar colherada, Helena? Tá me chamando de burro?

— Pare! Quando eu mandar parar, você para. Você não me desobedeça, Leopoldo Armando.

— Agora a coisa ficou feia. Quando ela chama Leopoldo Armando é porque quer ver sangue!

Eu corria em volta da mesa muito mais rápido do que ela, até alcançá-la, e batia com os dedos no seu ombro, ou puxava o seu cabelo. Ela então se virava para me pegar, eu corria na direção oposta e ela vinha atrás de mim. Corria até alcançá-la outra vez, falando bobagens, puxava e desfazia o laço do seu avental, e ela vinha atrás de mim. Maria ria, escondendo a boca entre as duas mãos, e Helena começou a rir.

— Pare! Venha cá que eu quero lhe dar com essa colher!

— Ela vai me matar! A assassina da colher de pau!

Ela começou a andar devagar, até parar e apoiar-se na mesa com as duas mãos, dando gargalhadas. Puxou a cadeira e sentou.

— Vou fazer bolinhos de chuva e não vou dar nenhum para você. Não se pode nem mais conversar nesta casa que ele fica pelos cantos ouvindo a gente.

— Helena, tive uma ideia e queria saber se você quer participar.

— Não quero nem saber nem participar.

— É que ontem de madrugada eu ouvi The Who até tarde e fiquei pensando que não vi um disco que não tivesse uma ficha. As tais das setas apontam em várias direções, numa rede infinita de trocas de influências musicais. A primeira coisa que eu fiquei pensando é por que o meu pai fazia todo esse trabalho tão detalhado.

— Ah, ele não fazia sozinho não, Leozinho, não é, dona Helena?

— Alguém perguntou alguma coisa a você, Maria?

— Você também organizava as fichas? Helena! Você é roqueira!

— Olha aqui, Leo, você me respeite.

— Mas chamar alguém de roqueira é falta de respeito?

— A senhora sempre foi a maior roqueira, dona Helena. A maior roqueira!

— Vocês dois parem de me atormentar. Eu sempre gostei dessa música e seu avô preferia jazz e blues. Uma grande parte da coleção feita por mim e pelo seu avô, que você ainda não deve ter visto, é de música brasileira, a grande paixão dele. Muito samba, choro, marchinhas de carnaval, os grandes seresteiros, frevos e maracatus, violeiros, caipiras, regionais, música que não acaba mais para matar a saudade de casa, do Brasil, que maltratava muito a gente.

— E o meu pai?

— Seu pai adorava todo tipo de música e, além de ouvir, de arrumar os discos, começou a estudar, pesquisar. Durante anos não pensava em outra coisa.

— Ele chegou a pensar em trabalhar com isso, né, dona Helena?

— Meu pai? Ele pensou em ser músico?

— Não, nunca. Pensou em ser jornalista, crítico de música e de cinema, que ele adora.

— E por que não foi?

— Ele estudava História em Cambridge quando seu avô se tornou embaixador em Londres. Seu pai passava alguns fins de semana conosco, escondido, porque tinha vergonha dos amigos.

— Meu pai tinha vergonha de o meu avô ser embaixador? Não acredito. Você está inventando!

— Seu pai era fogo. Discutia sobre tudo. Seu avô tinha uma paciência... Né, dona Helena?

— É, ele foi muito contestador.

— Eles brigavam?

— Seu avô não admitia que discussão virasse briga. Eles eram capazes de discutir durante horas acaloradamente e, no final, rever suas posições. Seu pai aprendeu a ter confiança em dizer tudo o que pensava sem nunca ser agredido. Foi nesse período que as discussões caminharam para a história política, para a história da diplomacia.

— E você nunca discutia?

— Que eu me lembre, não.

— Ah, discutia, dona Helena. Era falar de música e ela discutia mais do que seu avô.

— Então vou fazer a minha proposta. Fiquei pensando que, assim como eu adorei o Who, cada um tem o seu grupo preferido. A gente poderia se reunir aos domingos para ouvir discos. A cada semana um de nós escolhe os discos, estuda as influências e mostra as coisas mais interessantes que descobriu. O que você acha?

— Eu acho que pode ser ótimo. E vou gostar de ter a casa cheia.

GERAÇÕES

Passei o restante da manhã organizando os discos, fazendo anotações de coisas para as quais eu queria chamar a atenção. Às 4 horas o Felipe chegou.

— Leo, eu queria propor uma coisa.

— A gente não tinha combinado para as 5 e meia?

— Foi, mas eu acho que era melhor transferir esse negócio.

— Pode ir parando, parando, parando até parar completamente.

— Leo, eu não sei se é melhor ela vir ou não vir. Eu não sei o que devo fazer.

— Eu sei exatamente o que você deve fazer.

— O quê?

— Nada! Não faça nada!

Pouco depois das 5, todos haviam chegado. Alice chegou por último com o Pedro e a Laurinha. A casa estava arrumada, bonita, o lanche posto para que cada um se servisse, as almofadas espalhadas pelo chão. Todos se acomodaram, e Alice foi sentar ao lado do Felipe. Achei que não tinha sido planejado e, o melhor de tudo, ele ficou tranquilo, como se qualquer um dos amigos ou amigas é que estivesse ali. Helena deu uma passada rápida, cumprimentou todo mundo e saiu prometendo que voltaria. Minhas preocupações desapareceram, e eu poderia aproveitar a minha tarde de música com os amigos.

Comecei perguntando o que queriam ouvir, se preferiam alguma coisa. Como todos disseram que eu escolhesse, mandei o Who para o prato — para começar, claro, "My generation". Acertei a mão, porque o pique começou alto: Clarisse levantou para dançar, Antônio foi atrás e logo todo mundo estava descontraído. Vi a Alice perguntar ao Felipe se ele conhecia aquela música, e ele, com a expressão mais pilantra do mundo, respondeu "claro..."

A maioria nunca tinha ouvido. Ficaram surpresos com a qualidade deles como músicos e com a maneira como as canções pareciam não ter fim. Para felicidade geral, queriam ouvir as histórias que eu tinha para contar. Eu desfiava o novelo devagar, saboreando uma por uma, porque todas eram importantes.

"Eles mudaram de nome várias vezes. Naquela época, no fim de 1963, se chamavam Detour. Uma vez, abrindo um show para os Rolling Stones, Pete Townshend viu o guitarrista Keith Richards mover o braço casualmente em um grande arco sobre a guitarra, como se fosse um aquecimento. Assim Pete criou o famoso 'Birdman', girando e girando o braço em círculos e a cada vez arpejando a guitarra.

"No verão de 1964, Pete quebrou sua guitarra por acidente no teto muito baixo da taberna Railway, o lugar onde tocavam. Sem saber o que fazer, furioso, ele destruiu seu instrumento em mil pedacinhos e jogou-os para todos os lados. A turma delirou! Foi assim que começou a tradição da banda de destruir os instrumentos no final de cada apresentação. Muita gente achava que era uma afirmação deles como músicos, como criadores, ante a tecnologia dos instrumentos.

"A partir de 1967, quando lançou *The Who Sell Out*, Pete passou a compor quase todas as músicas do grupo. Começou a escrever sobre base de piano, e a última faixa, "Rael", mostrava que ele queria contar histórias. Fez pelo menos duas tentativas anteriores até lançar a primeira 'ópera-rock', *Tommy*, em maio de 1969, contando a história de um garoto surdo, mudo e cego que se torna um messias e depois é abandonado por seus seguidores. Um bocado dela se apoiava nos ensinamentos do seu guru, Meher Baba, e as suas canções eram o ponto alto dos shows. A virada veio com o festival de Woodstock, a maior de todas as exibições do grupo até aquele momento. O filme com a versão de "See me, feel me" correu o mundo e consagrou o disco e o grupo, que acabou se apresentando em teatros de ópera pela Europa e no Metropolitan de Nova York."

Ouvimos "Amazing journey" e "Pinball wizard" porque achei que começaria a cansar se ouvíssemos os discos inteiros, e todo mundo adorou. Ficaram surpresos com a gravação ao vivo na Universidade de Leeds e as gravações históricas de "Young man blue" e "My generation". Também não sabiam que Pete renunciara à cultura das drogas ao escrever "Jai Baba" para os Rolling Stones.

O domingo foi um sucesso. Eu não queria que todas aquelas informações ficassem chatas para os meus amigos, pois não sabia se eles queriam mesmo saber mais da banda ou apenas ouvir as canções. Descobri que, como eu, eles se encantaram com o grupo que inventou a ópera-rock e antecipou o rock pesado dos anos 1970. Quando avisei que tinha acabado, eles aplaudiram, assobiaram, gritaram, jogaram almofadas em mim.

— Se vocês gostaram, vou fazer uma proposta. Podemos nos reunir aos domingos para ouvir música e conhecer melhor um grupo ou músico. Para cada fim de semana, um de nós, ou um grupo, levanta as informações, escolhe as músicas e mostra para todo mundo. A Helena já concordou, disse que a casa é nossa. Também podem usar os discos e as fichas feitas pelo meu pai com informações e opiniões.

— Leo, eu acho o máximo. Proponho preparar os Rolling Stones com a Alice.

— Feito, Felipe. Alguém mais?

— Eu topo fazer os Beatles se alguém me ajudar. Não conheço quase nada deles e acho uma oportunidade de entender por que foram tão importantes.

— Bárbaro, Pedro. Pela agitação, acho que a Laurinha e a Carolina vão ajudar você.

— Eu tive uma ideia. Por que a gente não separa um domingo para ver o vídeo do Woodstock e comentar sobre o festival, o filme, algumas figuras que se apresentaram lá?

— Genial. Antônio, eu quero fazer com você.

— Claro que o Antônio tinha que propor alguma coisa com cinema! Então a Clarisse e você preparam Woodstock. Só vou pedir para quem quiser usar a coleção fazer isso aqui em casa. Estou meio ciumento, né?

Depois de se despedirem da Helena, todos saíram juntos dando risadas, cantando, lembrando o que ouvimos. Felipe estava com um sorriso que não cabia entre as bochechas.

— Feliz?

— Estou muito feliz. Mas você acabou não aparecendo.

— Eu e Maria ficamos ocupadas com as coisas da casa, mas ouvimos tudo.

— E você gostou do Who?

— Gostei de tudo. Principalmente de "Amazing journey".

— Está cansada?

— Nem um pouco. Vamos comer alguma coisa?

Comemos os sanduíches que sobraram e rimos de nada, pura bobeira, enquanto ouvíamos "Baba O'Riley" e eu contava para ela sobre o *Quadrophenia*, uma obra maravilhosa e doida do Pete Townshend, que eu preferia a todos os outros que já tinha ouvido. Enquanto eu falava, Helena improvisava uma dança maluca com os dedos, imitando os bonequinhos que ela fazia para mim quando era pequeno e que eram capazes de qualquer peripécia e todas as piruetas em suas aventuras na mesa do café da manhã. Agora eles dançavam e davam saltos, balançavam e faziam círculos alucinados com as "perninhas" feitas pelos indicadores de Helena.

— Obrigado, Helena. Mesmo.

— Não, não me agradeça. Eu adorei cada minuto. Por ter a casa cheia de jovens, boa música e você tão feliz.

— Eu não esperava que seria tão bom. Obrigado.

— Mas de novo? Vá dormir, que amanhã você tem aula. Bom descanso.

Dei um abraço apertado e um monte de beijos na Helena. Subi as escadas saltando os degraus enquanto cantava a introdução de "Baba O'Riley". Quando apaguei o abajur e fechei os olhos para dormir, pensei no meu pai me vendo mostrar para os meus amigos a coleção, as anotações e as histórias que ele escrevera, e achei que ele estaria feliz como eu.

PACIÊNCIA

Depois daquele domingo, alguma coisa parecia ter mudado. E para melhor. Felipe estava animado e feliz, sempre com a Alice para todo o lado, procurando as informações de que precisavam para o próximo domingo. Vieram aqui em casa para ouvir os discos, pesquisar as fichas e ficaram horas no escritório, dando risada e, pelo barulho, certamente dançaram algumas vezes. Não fui olhar; o cara mora numa casa cheia de gente, isto aqui devia estar parecendo o paraíso para ele.

Os amigos no colégio, os que estiveram lá em casa, de repente formavam uma turma, um grupo sempre junto, brincando muito, rindo de qualquer coisa. Felipe chegou mais cedo no domingo e nos sentamos à mesa da cozinha para conversar, enquanto Maria e Helena preparavam o lanche.

— Então, dona Helena, a senhora não acha um abuso esse negócio de vir essa gente toda para a sua casa, ficar ouvindo música, dançando, comendo?

— Acho sim, acho um abuso inominável.

— Para, Helena. Esse bobalhão vai acreditar em você.

— Como vai ser com os Rolling Stones hoje? Está preparado?

— Espero que sim, dona Helena. Eu e a Alice nos preparamos muito durante a semana.

— Eu vi. Fiquei impressionada.

— Ah, não implica, né, dona Helena?

— Não estou implicando. Eu me acho um pouco madrinha desse assunto e fico curiosa para saber as novidades que parece que estão acontecendo.

— Pois é, dona Helena. Parece, mas não estão. Não entendo o jeito dela. Estamos sempre juntos, conversamos bastante, ela vive deitando a cabeça no meu ombro, mas, se eu tento me aproximar, parece que ela foge, sei lá.

— Quantos anos ela tem?

— Acho que 14.

— Tenha um pouco de paciência.

— É, eu acho que é isso mesmo. Mas já tem sido muito bom estar tão perto dela sem a sensação de estar sendo ridículo. A senhora e a dona Maria vão lá ouvir música conosco?

— Um pouco. Nós ouvimos daqui e damos umas passadas lá.

ROLLING STONES

Ajudei o Felipe a separar os discos e arrumá-los na ordem que eles dois planejaram. Alice chegou um pouco antes das 5, os dois se abraçaram comemorando o grande dia, e logo estávamos sentados esperando o que eles nos mostrariam. Não disseram nada, nenhuma explicação; apenas colocaram a música "(I can't get no) Satisfaction".

Foi como se houvesse uma mola embaixo de cada um. Assim que a guitarra começou a atacar as primeiras notas da introdução, pulamos e começamos a dançar, empurrar uns aos outros. Helena e Maria vieram lá de dentro e ficaram na porta balançando e batendo palmas. Todos conheciam a música, todos conseguiam cantar o refrão.

— Talvez nem precisasse dizer nada, porque a música é um retrato deles: isso é Rolling Stones!

Felipe estava parecendo locutor, mestre de cerimônias, sei lá. Eu nunca tinha visto essa animação e descontração nele e, como todo mundo, achava o máximo. Alice estava sentada conosco, mas agitadíssima, eufórica, toda hora fazendo sinais para ele.

— Diversão, entretenimento, impacto, sátira, sarcasmo, senhoras e senhores, tudo isso é com eles mesmos. Pois esses caras estão insatisfeitos e nos pondo para cantar e dançar há tantos anos, sem interrupção, os mesmos, apesar de perdas como a do Brian Jones, fundador dos Stones com eles, que morreu afogado na piscina da sua casa de campo, em 1969, um mês depois de deixar o grupo. Mas eu já estou me apressando e preciso ter calma, porque há muita coisa para contar. Mick Jagger e Keith Richards se encontraram pela primeira vez na Escola Primária Wentworth, em Dartford, sua cidade natal, na Inglaterra, em 1950. Ninguém sabe, mas ali eles podem ter começado a combinar que formariam uma das maiores parcerias musicais da história do rock. O primeiro se tornaria um ícone do que é ser o cantor, o homem à frente de uma banda, além de símbolo sexual por décadas; o outro seria o mentor musical do grupo, seu principal compositor e um dos maiores guitarristas do mundo. No início dos anos 1960, Charlie Watts já começava a ser conhecido nos meios musicais de Londres como um sujeito estudioso, sério, meio tímido e excepcional baterista. Recebeu um convite para tocar de graça com um grupo novo e, mesmo criticado por alguns colegas, topou. Achou que aqueles caras sabiam tocar o que ele estava com vontade de fazer naquele momento — rhythm and blues. Eles começaram com o blues, a paixão deles, no qual está a base do rock que eles sempre fizeram.

Felipe continuou expondo e colocando músicas, que sempre anunciava com a frase "vamos jogar mais uma no prato!" Nós aplaudíamos, e ele ia mostrando coisas que a maioria já conhecia, sem dizer quase nada, apenas o nome da canção, o disco em que aparecera pela primeira vez, quase como um locutor de rádio apresentando um programa especial sobre os Rolling Stones, mas também como um DJ que soubesse a hora certa de pôr a turma para pular e dançar e o momento exato de maltratar os corações com uma balada calminha e romântica.

Uma sequência diabólica foi a que começou com "It's only rock 'n roll", seguida de uma gravação de "Brown sugar" com a participação do Eric Clapton, depois "Get off of my cloud" e "Roll over Beethoven", do Chuck Berry, que fez a Helena aparecer na sala e me puxar para dançar. Felipe foi bem discreto, acho que ninguém percebeu, mas eu vi quando ele apagou todas as luzes da sala, deixou só um abajur aceso, pôs "Angie" para tocar e pegou a Alice para dançar de um jeito tão devagar, mas tão devagar, que aquilo virou um abraço meio balançado.

— Bom, eu queria continuar para sempre ouvindo cada disco dos Rolling Stones. Imaginem uns caras talentosos e malucos como esses, juntos por tantos anos, quanta história isso não vai dar. Mas duas coisas me chamaram a atenção. A primeira foi descobrir que eles viveram quase um exílio, obrigados a estar fora da Inglaterra por causa do imposto de renda. É claro que ganharam muito dinheiro. Mas, como o governo inglês podia obrigá-los a pagar mais de 90% do que ganhavam, acabaram se exilando e vivendo em hotéis e em mansões no Sul da França. Eles e vários artistas têm uma grande mágoa de tudo isso, como o Led Zeppelin: foram embora da Grã-Bretanha, que eles ajudaram a recolocar no mundo da música.

"Enquanto Mick Jagger se ocupava de cada detalhe do sucesso dos Rolling Stones, Keith Richards se encarregava de quase tudo que dissesse respeito à música. Ele parecia muito esquisito, passando a maior parte do tempo recluso, imerso em uma nuvem de incenso, ouvindo reggae, com a mulher e o filho pequeno, sempre atrasado para tudo. O único lugar em que ele se encontrava com o mundo, com os outros, era o palco, tocando sua guitarra, diante da massa de caras e garotas, onde ele achava que a banda sempre devia estar.

"Naqueles dias loucos de correria, eles não estavam apenas decolando e pousando, montando e desmontando palcos de onde entravam e saíam. Estavam lá fazendo o mesmo esforço que o Led Zeppelin, tentando transformar o rock em megaeventos realizados em estádios de esportes, uma máquina de grandes negócios. E conseguiram. Jagger não tinha nenhuma ilusão de que a época de rebeldia, de experimentação a qualquer custo passara, e agora eles também estavam lá para dar arranque no motor do *show business*.

"Acho que já está quase na hora de acabar. Eu e a Alice tínhamos acesso só aos discos da coleção do Leo, que são do início da carreira. Além disso, consegui um disco do meu irmão, *Tattoo You*, de 1981. Nós o ouvimos várias vezes e não tínhamos a ajuda das fichas para trazer algumas opiniões mais elaboradas. Acho que dá para dizer algumas coisas que são claras. O disco é o mais profissional nessa linha da 'banda de rock para grandes estádios'. Metade dele é de rock and roll e a outra, de baladas, e tudo ótimo. Nós separamos para ouvir o reggae 'Slave' e o blues pesado de 'Black limousine', além da balada 'Worried about you'. Depois dessas, vem o final que eu preparei e ninguém sabe qual é. Nem a Alice."

Felipe estava dando um show, mostrando grandes músicas. Sem aviso, ele deixava para trás um sujeito meio desajeitado e mostrava a maior naturalidade. Todos nós estávamos orgulhosos e surpresos também. Mas ninguém tinha mais surpresa e orgulho do que uma menina ruiva, sentada sobre as próprias pernas, com seus dois olhinhos brilhando para o garoto que conhecia desde o maternal e tinha o hábito inexplicável de mexer nos cabelos dela com um lápis. Alice estava encantada.

— Como estou vendo que vocês ainda têm gás, vou dividir o final em três partes. Menos não é possível para o que eu planejei para esta noite; colocar mais do que isso vai fazer o telefone disparar com mães preocupadas atrás das filhinhas e dos filhinhos desaparecidos de casa, sumidos na estrada atrás de uns sujeitos velhos e loucos chamados Rolling Stones. A primeira canção, como nos programas de rádio e nos parques de diversão do interior, eu vou dedicar ao cara que deu essa ideia genial de nos reunirmos para ouvir música, que é o nosso amigo Leo. É isso aí. Uma salva de palmas, senhoras e senhores! O sujeito desta canção está ali, parado em frente a uma porta giratória, vendo as garotas sem nenhum outro interesse além de vê-las passar, sem querer nada, sem esperar coisa nenhuma além de um amigo. Bom, eu achei a canção o máximo, com um solo de sax de primeira, uma batida que parece que faz a gente flutuar, e achei que era legal dizer que o meu amigo já chegou e ele é para a vida toda. Um amigo é um sujeito capaz até de mudar a nossa vida, apenas inventando coisas como esta. Quando a gente tem isso e sabe que tem, metade do caminho ficou para trás. Esta é para você, Leo: *Waiting on a friend*. "*Watching girls go passing by, it ain't the latest thing.* [...] *I'm not waiting on a lady, I'm just waiting on a friend*" (Ver as garotas passando não é novidade. [...] Não espero uma mulher, só espero uma amiga).

Waiting on a friend
The Rolling Stones

Eu fiquei muito encabulado, e todo mundo aplaudia e assobiava enquanto o Felipe falava e a canção tocava. Meu amigo. Esse cara é o meu amigo!

— Agora, a segunda parte. Esta é uma canção que fala de um sujeito que vê crianças brincando enquanto o dia acaba.

Elas sorriem, mas não para ele. Ele sabe que o dinheiro não compra tudo; só queria acompanhar as crianças brincando. Elas fazem coisas que pensam ser novas, mas ele já as conhece há bastante tempo. Ele fica ali parado e assiste àquilo tudo enquanto suas lágrimas rolam. Pois é, eu sei, a canção é triste, mas também é linda e, pela primeira vez, eu a ouvi de outra maneira. Ela me fez pensar que esse dia que vai terminando é a minha infância, e esse momento, como um pôr do sol, é lindo. Também pensei naquelas crianças e como eu sempre brinquei com elas, porque era uma delas, mas agora só posso olhar, e elas não me reconhecem mais. Foi muito rápido, foi tudo muito rápido e, enquanto esses dias passavam, eu não sabia que tamanho tinha, nem onde devia pôr as mãos. Nem meu lápis. Vocês estão rindo porque não era com vocês. Então eu vou colocar essa canção na versão italiana, que eu acho especialmente linda, para a pessoa que me ajudou a preparar tudo isto para vocês: essa menina mais linda que todas as canções mais lindas, que me fez perceber, de repente e da melhor maneira, que eu já não sou menino. Alice, para você. "As tears go by" em italiano: *"Il sole sta per tramontar, dei bimbi corrono a giocar, visi che sorridono, ed io sono qui con le mie lacrime così"* (O sol vai se pôr, as crianças correm a brincar, rostos sorridentes, e aqui eu me vejo com as minhas lágrimas).

Con le mie lacrime
The Rolling Stones

Alice pulou no pescoço dele num abraço apertado. As meninas meio que disfarçaram, foram buscar um sanduíche, uma pegou uma limonada, mas dava para ouvir uns suspiros, uns pigarros, umas fungadinhas muito maldisfarçadas. Eu e os amigos ficamos olhando aquilo com cara de bobo e morremos de inveja quando o Felipe pegou o rosto da Alice com as duas mãos e a beijou. De perfeito idiota ele passava ao único ali que sabia de tudo. Quando todos achavam que a noite terminara, Felipe jogou no prato "um rock bem Stones, ou um Stones bem rock", "Start me up". Bem alto.

Pulamos todos juntos, abraçados, em corrupio. Quando nos despedimos, estávamos cansados e satisfeitos. Felipe me apertou a mão, me abraçou forte e só disse "até amanhã". Ele e Alice saíram abraçados. Eles agora eram um casal, e todos nós, naquela noite, acreditávamos que seríamos felizes para sempre.

NAMORO

Esse era o assunto do Felipe, da Alice e da turma toda. É claro que eles não eram os primeiros namorados no mundo, nem no colégio, nem na turma. Eles eram só os mais lindos e felizes, os mais apaixonados e definitivos, os mais tudo que todos os outros e desde sempre. E faziam questão de que o universo inteiro soubesse. Ou pareciam apenas esquecer que o resto do mundo existia. Eles chegavam juntos ao colégio, ficavam juntos o tempo todo e iam embora juntos. Todos os amigos reclamaram e criticaram — menos eu, porque achei que sabia quanto o Felipe queria aquele namoro e como estava feliz. Mesmo sentindo falta da companhia dele, que sumiu. Mesmo achando a Alice o projeto mais bem-acabado de alguma coisa ao mesmo tempo, o tempo todo, grudenta, melosa, manhosa, chata, de voz baixinha, fininha, insuportável.

Quando eu contei para a Helena, ela disse que eu estava com ciúmes. E daí? Não estou atrapalhando o cara, não estou pegando no pé dele, mas não estou aguentando a Alice. Aliás, ninguém está aguentando a Alice. E acho que não é por ciúmes de um ou do outro, nem por inveja do namoro dos dois. Helena também acha que sabe de tudo o tempo todo. Só concordou comigo quando eu disse que, se a Alice continuasse assim, o próximo a não aguentar ia ser o Felipe. Para mim tanto faz. Problema lá dos dois.

Parecia que Pedro, Laurinha e Carolina iam fazer o vestibular. Passaram a semana carregando livros, discos, e só foram lá em casa para estudar as fichas. Acharam o máximo. Fizeram anotações, mas ouviram apenas uns discos antigos da coleção. Desde a quinta-feira começaram a nos avisar que a apresentação deles não seria como a do Felipe. E é claro que não, até porque os Beatles são muito diferentes dos Rolling Stones.

Hoje resolvi escrever uma carta para o meu pai.

PAI,

esta é a primeira carta minha desde que vocês foram para Praga. Espero que seu trabalho esteja correndo bem, que o novo posto traga os desafios de que você tanto gosta e que essa missão lhe abra horizontes ainda maiores.

Minha mãe está bem? Helena me disse que ela começaria um curso de História da Arte; ela está gostando? E a cidade? É mesmo linda? E a casa?

Não sei muito bem como começar o que tenho para lhe dizer. Acontece que Helena me deu o mais bonito presente que já ganhei na minha vida: a coleção de discos dela, continuada por você. Estou encantado com os discos, tantos grupos e músicos dos quais eu nunca sequer ouvi falar e que vou descobrindo aos poucos. Hoje mesmo vou começar a ouvir um dos seus prediletos: Led Zeppelin.

Mas o mais importante foram as fichas e os seus artigos. A descoberta mais fantástica é a revelação daquele momento da sua vida e de quanto aqueles discos e experiências significaram para você. Talvez por ser ainda muito pequeno, não soube, ou nem me lembro, das suas histórias de pegar carona para ouvir o Bob Dylan ou de, algum dia, você ter pensado em ser jornalista, crítico de música e cinema. Achei que ti-

nha decidido ser diplomata ainda pequeno. Para ser sincero, fiquei surpreso em ver como você escreve bem.

Resumindo, acabei organizando um grupo de amigos que se reúne todo domingo aqui em casa para ouvir música. Resolvemos (a proposta foi minha) criar grupos, que se preparam durante a semana para apresentar aos outros músicas e comentários sobre uma banda específica. Eu apresentei o primeiro, sobre The Who. Todo mundo adorou, e eu acho que você teria ficado orgulhoso de mim.

Pois é, pai, eu queria muito que você estivesse aqui para assistir aos nossos encontros; fico imaginando como seria se você topasse contar como foram aquelas suas aventuras roqueiras; se você nos ensinasse as coisas que aprendeu sobre os músicos e os grupos. Você virá passar o Natal e o ano-novo aqui conosco? Acha que seria uma oportunidade? Tenho certeza absoluta de que os meus amigos adorariam. Pense sobre isso, ok?

O que eu queria mesmo dizer é que tudo isso serviu, principalmente, para me deixar muito orgulhoso de você e com mais saudade. Um beijo para você e para mamãe.

Leo — a terceira geração de roqueiros da família.

SONO

— Qual é mesmo o grupo de hoje?

— Beatles. Você gosta?

— Claro! Vai ser ótimo ouvir Beatles. Animados, inteligentes e sem pancadaria.

— Helena, eu fiz uma coisa que você não vai acreditar.

— Ah, Leo... O que foi?

— Não, não foi nada de errado! Escrevi uma carta para o meu pai dizendo que estou orgulhoso dele, das descobertas que tenho feito sobre ele, sobre o amor que ele tem pela música, essas coisas. O que você acha?

— Eu acho o máximo! Você contou a ele sobre as reuniões de domingo?

— Contei tudo, Helena. Falei da apresentação que eu fiz, de como eu queria que ele tivesse assistido. Também dei a ideia de eles virem passar o Natal conosco.

— Claro! Ele que se atreva a passar o Natal longe de nós. Que bom, meu filho. Vovó está muito orgulhosa de você, isso sim. Mas já estou me preparando para ouvir bastante do seu pai!

— Por quê?

— Por nada. Acho que ele queria lhe dar a coleção, só isso.

— Ah, Helena. Foi o máximo você ter me dado a coleção.

— Não se preocupe. O que vamos servir para os seus amigos hoje? Cadê a Maria?

BEATLES

Carolina e Laurinha foram as primeiras a chegar, e o Pedro veio logo depois, esbaforido, carregado de coisas. Organizaram tudo, instalaram um *player* para os CDs, que até agora ainda não tínhamos usado.

Para surpresa de todos, Alice veio sozinha e sentou-se comigo e a Clarisse. Quando Felipe chegou, deu um beijinho nela e foi ver se a Carolina precisava de alguma ajuda com uns fios soltos em uma das caixas. De vez em quando eles se olhavam, jogavam beijinhos, mas muito legal os dois não estarem isolados naquela atitude de "nós nos amamos e o mundo que aguente toda a sua infelicidade por não ter encontrado o par mais que perfeito para toda a eternidade, e então danem-se todos". Foi uma surpresa e um alívio, porque eu estava preocupado com a possibilidade de eles ficarem o tempo todo abraçadinhos, aos beijinhos e risinhos, e aborrecerem os amigos.

Carolina estava um pouco nervosa, deixou cair algumas coisas no chão, respirou fundo e colocou a primeira música: "Love me do". Assim que uma gaita atacou as primeiras notas, todos se levantaram e começaram a dançar. O ritmo não era rápido, mas tinha um balanço legal. Era uma canção despretensiosa e gostosa. Em seguida, Carolina pôs o CD, e a música agora era estranha, lenta, triste, e nos pegou a todos, em silêncio — ninguém se moveu, ninguém se sentou. Laurinha fechou os olhos e seus lábios se moveram palavra por palavra, mas em silêncio. Eram John, Paul e George cantando, acompanhados por estranhos instrumentos eletrônicos. Uma letra simples e linda que explica um bocado do que sentimos muitas vezes: as razões estão em nós, o mundo é redondo e o céu, azul; o vento sopra, e isso, apenas isso, pode nos despertar ou fazer chorar. O amor é velho ou novo, o amor é tudo. De repente, sem nenhuma razão, sem conclusão alguma, ficando suspensa sobre nada, a música acaba. Interrompida. "Because". Aplausos, assobios, uma emoção contagiante. Antes de começar a falar, Carolina deixou um restinho de silêncio para nos recuperarmos.

— Nós três tivemos duas semanas para ouvir, ler, conversar, discutir com outras pessoas quem foram eles, como eram e tentar entender pelo menos uma pontinha do fenômeno. E vi que era muito pouco. A primeira música que acabamos de ouvir, "Love me do", era o lado A do primeiro disco dos Beatles, um compacto simples, como se chamava na época. A segunda, "Because", é uma das faixas do último disco gravado por eles, *Abbey Road*. Há uma confusão com relação a isso, porque todo mundo acha que *Let It Be* seja o último disco do grupo, mas ele apenas foi lançado por último. O que eu quero mostrar com essas duas músicas é o tanto que eles realizaram musicalmente entre outubro de 1962 e setembro de 1969, as datas de lançamento dos dois discos: quase exatamente sete anos. Ouvindo a primeira canção, nenhum de nós aqui, nem ninguém, poderia imaginar que aqueles quatro caras, autores e intérpretes de baladas juvenis dançantes e despretensiosas, chegariam a se tornar um fenômeno mundial de música, comportamento, negócios.

"Aos 16 anos, em 1956, John morava com sua tia Mimi, que deu a ele um violão e um conselho: 'O violão pode ser um grande passatempo, John, mas você nunca vai ganhar a vida com ele'. Logo depois, em 1956, ele criou sua primeira banda, The Quarrymen, e em uma apresentação em Liverpool conheceu um sujeito que sabia as letras de várias músicas, afinava violão e dominava acordes como ninguém. John convidou-o para entrar para a banda e Paul McCartney aceitou; era 6 de julho de 1957. No final de 1957 ou no comecinho do ano seguinte — ninguém sabe dizer exatamente quando foi —, os Quarrymen ganharam mais um integrante: George Harrison, de 14 anos, amigo de Paul desde os tempos da escola primária.

"O início foi muito, muito difícil. Eles tentaram alguns nomes, se apresentavam onde houvesse uma chance, mas nada os tirava do lugar. Seus ídolos eram Chuck Berry, Little Richard e Elvis Presley, e eles tocavam basicamente blues, rhythm and blues e começaram a criar um público nos bares e nos clubes noturnos. Foi assim que, em 1 de agosto de 1960, em Hamburgo, Norte da Alemanha, John Lennon, Paul McCartney e George Harrison, com Stu Sutcliffe no baixo e Pete Best na bateria, estrearam com o nome The Beatles em um bar decadente, cheio de marinheiros de toda parte do mundo atrás de mulheres, música americana e cerveja. Eles se apresentavam frequentemente por lá porque os alemães não eram nada bons naquele tipo de música, e cada uma daquelas noites foi uma maratona, com cinco apresentações entremeadas de pancadarias. Mas também serviu para forjar neles uma forte unidade. A estreia em Liverpool só aconteceu em 9 de fevereiro de 1961, no Cavern Club, onde eles passaram a se apresentar na hora do almoço. Em abril desse ano, Sutcliffe saiu do grupo para se dedicar mais às artes plásticas, que estudava com gosto, mostrando grande talento. Então Paul trocou a guitarra pelo baixo.

"Foi no Cavern Club que um comerciante de discos de Liverpool, Brian Epstein, adorou o grupo e se tornou o seu empresário. Epstein sofisticou o visual dos garotos, mandando fazer ternos cinza sem gola com o já famoso estilista francês Pierre Cardin, dando um corte diferente nos cabelos deles, preparando cuidadosamente uma imagem agradável para eles, sem nenhum traço de agressividade. Ao mesmo tempo, disparou cartas e fitas para todas as gravadoras na Inglaterra e marcou a primeira audição dos seus 'rapazes' para 10 janeiro de 1962, na Decca Records. Eles foram rejeitados, como em várias outras tentativas. Mas logo se marcou outra audição para abril na EMI-Parlophone e, dessa vez, quem ouviu o grupo foi um produtor competente, músico de formação refinada, que seria chamado de 'o quinto *beatle*': George Martin. O contrato foi assinado imediatamente. À exceção da pós-produção de *Let It Be*, feita por Phil Spector, todas as gravações dos Beatles — desde o primeiro compacto, 'Love me do', até o último LP, *Abbey Road* — foram produzidas por Martin. Ele viu que a banda precisava de um baterista que 'puxasse' a batida, que abandonasse a tendência para tempos lentos, que fosse mais preciso nos tempos e menos exibicionista — ali já havia muitos temperamentos fortes. Em agosto Ringo Starr substituiu Pete Best, apesar dos protestos de alguns fãs. Martin tornou-se o mentor musical do grupo, realizando arranjos sofisticados, introduzindo sonoridades inéditas no mundo do pop e do rock and roll, desde trompa, violoncelo e harmônio a flautim, cravo e flauta doce. Ele sabia realizar os sonhos de John, tinha técnica musical para compreender Paul e teve a sabedoria de não tirar dos Beatles sua personalidade musical.

"Agora eles estavam prontos para conquistar o mundo e conquistaram. O primeiro compacto foi um sucesso, mas logo em março de 1963 o disco *Please Please Me* marcaria o lançamento de um fenômeno que obrigaria a imprensa inglesa a cunhar uma palavra que o exprimisse: beatlemania. A disputa pelos primeiros lugares nas rádios era travada entre canções deles mesmos, e o sucesso atravessava todos os limites de gênero, idade, classe social ou formação educacional — os Beatles atingiam a todos. Eles emplacaram os maiores sucessos do ano e nós vamos ouvir alguns deles: 'She loves you' e 'I want to hold your hand'."

Carolina fez bem em nos dar uma sequência como aquela para dançar, relaxar, brincar uns com os outros, comer, beber alguma coisa, porque era muita informação.

— Esse foi só o início dos Beatles. No dia frio de 7 de fevereiro de 1964, uma multidão agitada de mais de 5 mil adolescentes — na verdade, era o que a gente poderia chamar de um enxame de meninas — se agitava no aeroporto de Nova York para receber com os gritos mais estridentes e agudos que conseguissem o desembarque da "Primeira Invasão Britânica". Nova York parou. Eles estavam abrindo as portas para os grupos de amigos conterrâneos que viriam logo a seguir, como os Stones e o Who, mas também para outras coisas, como cortes de cabelo, hábitos, atitudes e até a linguagem de lugares muito distantes dali, como Liverpool, Manchester e Londres. Os Estados Unidos se cobriam com a Union Jack, a linda bandeira britânica. Em 9 de fevereiro eles se apresentaram pela primeira vez no mais popular programa da TV americana, The Ed Sullivan

Show, e foram vistos ao vivo por 73 milhões de americanos. Muita gente lembraria para sempre onde estava e o que fazia naquele dia, exatamente como aconteceu três meses antes, no assassinato do presidente John Kennedy. O país ainda estava de luto e, além de todas aquelas melodias que não saíam da cabeça, os Beatles traziam sorrisos abertos, humor, carisma, coisas necessárias naquele momento. No verão daquele ano, o filme *A Hard Day's Night* apresentava os Beatles para um público que, em todo o mundo, queria sua música, seu corte de cabelo, seu jeito de ser. Mais do que uma banda de sucesso, eles ofereciam um modelo que todos queriam imitar.

"Os Beatles estavam no topo da montanha do sucesso. O ano de 1965 teve dois grandes discos, além dos pequenos compactos de sempre: o primeiro, *Help!*, trazia músicas que estavam na trilha sonora do segundo filme deles, com o mesmo nome. Ringo ganhou espaço, George assinava mais canções, Paul exibia suas melodias — como em 'Yesterday', 'The night before' e 'Another girl'. John compôs 'Help!' e 'Ticket to ride', duas obras-primas. Outro dia o Pedro disse que 'Ticket to ride' está doidinha para virar rock pesado, mas ainda não sabe como; ela está muito antes no tempo, com certeza. 'Help!' parece feita mais para ser pesada e desesperada do que para um rock animadinho. Ouçam isto: '*Help! I need somebody. Help! Not just anybody. Help! You know I need someone. Help!*' (Socorro! Preciso de alguém. Socorro! Não de qualquer um. Socorro! Você sabe que preciso de alguém. Socorro!)

Help!
The Beatles

"Aquele ano teria ainda o disco *Rubber Soul*, um salto de qualidade nas letras das canções e nas experiências de George Martin com o grupo. Eles já estavam mostrando que não seriam para sempre os rapazes certinhos que as meninas que gritavam, que as mães bem-comportadas e os pais preocupados queriam que eles fossem. Suas letras começavam a se tornar ambíguas, complexas, sem um sentido óbvio. Cada vez mais instrumentos estranhos aos grupos de rock vão aparecendo. Em 'Norwegian wood' aparece um sitar, e em 'Michelle', três violões com sonoridade diferente, entre eles um clássico espanhol; no trecho instrumental de 'In my life', um piano com som de cravo. Como Lennon e McCartney estão tentando marcar sua personalidade musical, o disco acaba sendo uma vitrine de canções incríveis dos dois. Mas o calendário da beatlemania ficaria mesmo marcado pelo sucesso mundial, primeiro lugar em todas as paradas de sucesso, de uma canção lenta, um pouco triste, com uma combinação instrumental que teria mandado para o olho da rua qualquer diretor musical: 'Yesterday' é cantada apenas por Paul com um violão e um quarteto de cordas. Era só isso, e o mundo adorou. No período que começa em 1965 e vai até o fim do grupo, rapidamente a música dos Beatles vai se tornando cada vez mais complexa, mais variada, mais sutil, provando que não era feita apenas para diversão juvenil.

"Eu agora preciso fazer a vocês uma proposta que a Laurinha, o Pedro e eu discutimos muito. A ideia é parar por aqui e, se todos quiserem, retomar no próximo domingo a partir de *Revolver* até a separação do grupo. Já está tarde e não daria mesmo para ouvir e conversar tudo sobre os Beatles num só encontro. Bom, estou vendo que todos concordam, e também não temos compromisso com ninguém mais além de nós mesmos. Feito."

SEGUNDA-FEIRA

— Preciso falar com você, Leo.

— E eu com você, Felipe.

— Algum problema?

— Ao contrário. Achei que foi muito legal você ter ficado com todo mundo, e não num canto com a Alice. Eu estava preocupado com isso.

— Bobagem sua. Ela me propôs que assim seria melhor. Você gostou de ontem?

— Foi a Alice quem propôs?

— Claro. Por quê? Você ficou surpreso?

— Acho que sim. Pensei que a iniciativa tivesse sido sua. Muito legal saber disso. A apresentação foi ótima, como a ideia de dividir em duas semanas.

Felipe abaixou a cabeça ao mesmo tempo que olhava para o lado — sinal de que havia algum problema. Ele tinha sido escolhido pela turma para falar comigo. Tinha muita gente querendo participar das reuniões. Já tinham aparecido alguns pedidos antes, mas agora estava ficando difícil segurar. Ele só conseguiu dizer que poderíamos chegar e sair mais cedo, cada um levando um refrigerante. Minha preocupação era a Helena; eu não tinha cara de pedir para levarmos mais do que os oito do nosso grupo.

QUINTA-FEIRA

— Ah, mas tem que ter pelo menos um bolo, sanduíches, pipoca, né, dona Helena?

— Não precisa fazer nada, Maria. Eu juro, Helena, são só esses aí, mais ninguém.

— Mas são 17 pessoas, Leo! Tem que aumentar o espaço da sala, tirar alguns móveis, pegar mais cadeiras.

— Não precisa! A gente senta no chão; cada um traz alguma coisa para comer e beber.

— Imagina se eu vou permitir que alguém traga comida para a minha casa! Já sei! Eu mando arrumar uma sala no clube, encomendo um lanche...

— Imagina, Helena! Se não pode, não pode. Também acho um absurdo; eu disse pro Felipe.

— Já sei. Vou comprar sorvete, biscoitos, e encomendamos alguma coisa pronta.

— Eu faço um bolo, sanduíches e encho a garotada de pipoca, dona Helena.

MEU FILHO,

acho que essa foi a primeira carta que você me escreveu desde a época dos bilhetes feitos na escola para o Dia dos Pais. Fiquei muito feliz, apesar de ter que consolar a sua mãe, que ficou mordida de ciúmes. Se fosse o contrário, eu também ficaria.

Espero que você esteja encerrando bem o ano na escola, sem necessidade de realizar as provas finais. Como você não fez nenhuma menção ao assunto, estou deduzindo que está tudo acertado.

Sua mãe está num curso de História da Arte, e se saindo muito bem. Acredite ou não, ela já está começando a arranhar o idioma tcheco. A embaixada é confortável, em um bairro tranquilo, cheio de casarões antigos e muitas árvores, como você sabe que eu gosto. Sua mãe exigiu que o seu quarto fosse o que fica no terceiro andar, com uma imensa janela para os jardins, muito espaço e privacidade para você ouvir música sossegado.

Fiquei feliz com o carinho das suas palavras e com a sua alegria por ter ganhado as coleções de discos. Apesar de não aprovar o que sua avó fez, compreendo que você está na idade de adorar música e que, portanto, este é um momento interessante para conhecer todos aqueles discos. Eu preferia, em primeiro lugar, ter-lhe dado eu mesmo a minha coleção, assim como gostaria, também, de escolher o momento que considerasse o melhor para revelar a você coisas que fizeram parte da minha juventude e, conhecidas assim, tão cedo e sem a possibilidade de conversarmos, possivelmente causem alguma incompreensão. Mas isso é assunto para eu tratar depois com ela. O desejo de ser jornalista foi passageiro, nunca me desviando da vocação que descobri muito cedo, pelo exemplo do seu avô, que sempre foi o de ser diplomata.

Aliás, as responsabilidades que tenho me prendem em Praga. Portanto, sugiro que você combine com a sua avó a melhor data que atenda a você e a ela para que possam vir passar o Natal e o ano-novo aqui. Sua mãe já tomou todas as providências, e você poderá iniciar os estudos logo na Escola Americana.

Quero sugerir a você que, no caso de qualquer dúvida sobre alguma coisa contada na coleção, escreva para mim e me pergunte; não envolva sua avó em assuntos que devem ser nossos. Sobre música, temos a vida inteira para conversar.

Um beijo do seu pai.

P.S.: Aceite a minha sugestão e escreva logo uma carta para sua mãe.

MAIS UM DOMINGO

— Ah, já tem uns 50 sanduíches. Vai é sobrar muita coisa, dona Helena.

— Tem horas que eu penso que você não conhece o Leo, Maria. Ele vai dizer "sim, claro, pode vir!" para cada menino ou menina que disser "mas é só mais um, Leo!" Ele já levantou?

— Ouvi que ele estava acordado até quase de manhã, dona Helena.

— Não estou gostando nada da carinha dele desde ontem. Mas é só falar no diabo que ele aparece. E então, animado para a farra de hoje?

— Você é exagerada, Helena. Só vão aparecer os de sempre mais um ou outro. Você está preocupada com isso? Eu disse que não tinha que preparar nada.

— Disse e é como se não tivesse dito. Na hora em que a casa for invadida por uma horda de famintos, você vai querer alguma solução.

— Você acha que os meus amigos são uma horda de famintos?

— O bolo já deve estar passando do ponto, dona Helena.

— Você sabia que o meu pai fumava maconha?

— Que história é essa?

— Meu pai, o marido da minha mãe, o seu filho, também filho do seu marido, neto da sua mãe e do seu pai tanto quanto da sua sogra e do seu sogro.

— Para, Leo! Eu sei quem é o seu pai e o meu filho! Que história é essa?

— Meu pai fumava maconha quando estudava nos Estados Unidos. E tomou ácido.

— Mas por que essa história agora?

— Você sabia?

— Será que você não dá sossego, menino?

— Será que você pode me responder, Helena? Sabia ou não sabia?

— Sabia. E daí?

— Daí nada. Obrigado.

MORAL

Desci do meu quarto às 10 para as 5 e não acreditei no que vi. A porta de correr que separa a sala de jantar e a de estar tinha sido aberta; a mesa estava encostada numa parede, cheia de comida e jarros com sucos. Todas as cadeiras da casa, inclusive as do jardim, estavam arrumadas umas ao lado das outras, viradas para o som. Havia bastante espaço: um pouco diante da mesa, mais um pouco atrás do grande sofá, e todo o resto estava ocupado por almofadas e até um colchão, colocado em um canto, coberto com um edredom colorido.

Quando cheguei na porta da sala, Helena, Maria, Felipe e Alice estavam agitados, recebendo as pessoas, carregando coisas, ajeitando aquele monte de gente da melhor forma possível. Eu fiquei meio paralisado, sem saber o que fazer, enquanto falavam comigo, algumas pessoas com toda a intimidade, e eu nunca as vira antes. "Fala, Leo!" "Tudo bom, Leo?" "Aí, cara." Helena passou por mim muito séria:

— Aí, cara...

Maria vinha atrás com a bandeja cheia de copos e um sorriso que era a expressão mais bem-acabada do esforço. Felipe me puxou pelo braço para debaixo da escada.

— Onde você se meteu? Ficou maluco? Esse gente toda invadindo a sua casa e você trancado no quarto!

— Não sabia que tinha toda essa gente aqui! De onde eles saíram? Quantos são?

— Eu não sei de onde eles saíram. Até onde eu contei, devem ser agora 32. Sua avó está uma fera. E com razão. O que houve com você?

— Nada. Depois eu conto tudo. Vou falar com o Pedro porque acho que a cara mais preocupada é a dele. Acho que o melhor agora é começar.

Pedro estava tenso; nunca imaginara falar para tantos desconhecidos. Levantou-se e começou de uma maneira meio tímida, se embaralhando nas palavras, falando para dentro. Eu e Felipe ficamos em pé atrás do sofá, de onde podíamos ver todo mundo. Pedro ia gaguejando as palavras, e a maioria não estava prestando a menor atenção no seu esforço; conversavam, riam, brincavam. Um casal achou que a ocasião era muito romântica e aproveitou para se esconder do mundo um dentro da boca do outro. O maior burburinho estava concentrado em volta de um sujeito bem barulhento, com a perna direita displicentemente jogada sobre as pernas da menina ao seu lado. Ele ria alto, falava alto, dava gargalhadas e fazia absoluta questão de exibir uma atitude agressiva. E o Pedro tentando. Eu e Felipe nos olhamos, avaliando em silêncio se já estava na hora de alguém fazer alguma coisa. É óbvio que era hora e que quem deveria tomar alguma iniciativa era eu. Mas quem se levantou do meio das almofadas para mostrar o corpo alto, forte, imenso, que não combinava muito bem com seu jeito meio tímido e voz de menino, foi o Antônio. Enquanto levantava, ele abria a mão esquerda para o Pedro, num gesto tranquilizador.

— Bom... aí...

Foi o suficiente para todos prestarem atenção e fazerem absoluto silêncio.

— Obrigado por virem ouvir música conosco, mesmo quem não foi convidado. Eu amo os Beatles mais do que qualquer um nesta sala. Tanto que não quero saber de nada além disso, nem de ninguém. Eu também adoro escutar alguém contar histórias sobre eles. Nós todos aqui nem fazemos questão de toda aquela linda comida que a dona Helena preparou. E ninguém aqui gosta mais dessa linda comida do que eu. Nós só queremos mesmo é um silêncio absoluto para ouvir os Beatles e as histórias que os amigos prepararam para nós. Pedro, vai.

Antônio falou com a maior tranquilidade e ninguém fez mais ruído algum. O tal sujeito tinha uma cara assustada, principalmente porque o Antônio olhou para ele quase o tempo todo. O recado estava dado e compreendido. Felipe abaixou a cabeça e escondeu o rosto na mão direita — estava chorando de tanto rir. Pedro tinha recebido uma injeção de ânimo e de calma.

DESCONTENTES

— Semana passada nós vimos que os Beatles, ao contrário do que é comum pensar, não foram os bons meninos do rock and roll. Ao contrário, foram sempre insatisfeitos, colocando todo o seu talento e esforço para ampliar as possibilidades musicais e poéticas. As mudanças começaram em 1965, mas em 1966 é que elas ficaram mais radicais com *Revolver*, o álbum com aquela estranha capa em preto e branco, na qual as fotografias dos olhos aparecem dentro dos desenhos dos rostos. Se eles já vinham experimentando instrumentos inéditos no rock, agora as experiências se aprofundaram na música indiana, nos instrumentos eletrônicos e nos temas. Além de Lennon e McCartney, George Harrison se afirmava como compositor.

"Um tema que eles vão abordar com toda a clareza, principalmente nas canções de John Lennon, é o das drogas. 'Tomorrow never knows' é uma canção psicodélica, ou seja, produzida sob o efeito de alucinógenos — nesse caso, segundo uma declaração do Paul McCartney, LSD, ácido lisérgico. A letra se baseou em versos do ancestral *Livro Tibetano dos Mortos*, adaptados e transcritos na obra *A Experiência Psicodélica*, resultado de um estudo sobre drogas psicodélicas realizado pelos psicólogos Timothy Leary, Ralph Metzner e Richard Alpert na Universidade Harvard.

"Como praticamente todos os grupos daquela época, os Beatles também experimentaram as drogas do momento e, como nesse caso, refletiram essas experiências em suas músicas. Era muito frequente essa ligação entre drogas, religiões alternativas e gurus. Acho que é importante a gente compreender que, nos anos 1960, as drogas eram como um experimento do que vários deles consideravam tentativas de ampliar a imaginação, as possibilidades de percepção, uma ideia proposta havia décadas por intelectuais e escritores, entre eles o inglês Aldous Huxley. Também temos de lembrar que tudo isso fazia parte da cultura da época, do 'Paz e Amor', o movimento pacifista, dos hippies. A coisa virou logo depois, bem rápido, quando começou a morrer gente — músicos como Jimi Hendrix, Janis Joplin, Tim Buckley, jovens talentosos naufragados em overdoses. Além dos que, como se dizia na época, 'fritavam': faziam uma 'viagem' da qual nunca voltavam, ficavam abobalhados.

"Bom, vamos começar a ouvir música. Em 'Tomorrow never knows', a canção que John Lennon disse imaginar cantada por centenas de monges, reparem que a voz dele parece estar longe, transmitida de algum lugar por um rádio, enquanto sons estranhos e distorcidos cruzam a música."

Todo mundo parecia meio hipnotizado; alguns se mexiam lentamente nas cadeiras e almofadas, olhando desconfiados para o Antônio. Pedro não seguiu a ordem das músicas do disco, mas a ordem do que queria mostrar: as harmonias do George Harrison em "I want to tell you", suas experiências com a música indiana, como em "Love you to", suas qualidades musicais, que iriam aparecer cada vez mais, sempre provocando essa vontade de mexer o corpo, de se mover.

Laurinha e duas meninas que eu não conhecia improvisaram uma estranha coreografia muito bonita, que terminou numa roda girando sempre mais rápido, até elas desabarem sobre o tapete aplaudidas por todo mundo. Paul McCartney insistia em suas canções pop que todos adoram. Eu não disse nada para não atrapalhar o Pedro nem provocar um debate que não acabaria nunca. Acontece que "Here, there and everywhere" é uma canção linda, com uma letra incrível, mas me dá uma raiva danada aquela vozinha chorosa, melosa, açucarada, que toda hora McCartney inventava de fazer. Mas a dupla dele com o Lennon era mesmo da pesada: "Eleanor Rigby" é um impacto, e muita gente ali entendeu pela primeira vez que aquele som é de instrumentos de cordas, o tal quarteto; a banda de metais desfilando em "Yellow submarine", a voz fanhosa do Ringo, a simulação das ordens comandando o submarino amarelo "deles".

— Em 29 de agosto de 1966, os Beatles se apresentaram em São Francisco, na Califórnia. Como sempre, acharam que ninguém ouvia o que estavam cantando, que ninguém parecia interessado, e estavam exaustos daquilo, além da preocupação com a segurança, com as frequentes ameaças dos malucos. Não houve nenhum aviso; ninguém sabia que aquela seria a última apresentação pública da banda. Logo depois do espetáculo, eles anunciaram que nunca mais fariam shows ou participariam de turnês. Os Beatles de agora em diante só se reuniriam para gravar. Dez meses depois, em junho de 1967, apareceria o primeiro resultado dessa concentração que eles se impuseram — o álbum que, pra muita gente, é o melhor que eles realizaram: *Sgt. Pepper's Lonely Hearts Club Band*.

"Se *Revolver* era o disco da experimentação sem medo, *Sgt. Pepper* foi o disco da experiência polida, refletida e realizada com calma, capricho, sofisticação. Nele a crítica reconheceu que rock and roll podia ser arte séria, o que inclui ter humor. Cada um dos quatro pôde realizar suas mais ambiciosas fantasias musicais, e George Martin tinha todos os recursos técnicos para isso. O disco era uma obra concebida e realizada como um todo, para ser ouvida e compreendida do início ao fim. Para milhões de jovens do mundo inteiro, aquele disco tão esperado cumpria a promessa de que eles tinham uma cultura própria, com sua genialidade criando obras-primas —

ainda que essa fosse considerada uma contracultura. E parecia que toda aquela alegria podia ser ampliada infinitamente.

"Paul teve a ideia do *Sgt. Pepper* em um avião de volta para Londres — e se eles não fossem mais eles? E se fizessem um jogo de 'se esconder' na identidade de um grupo com um nome imenso e absurdo?

"Anos depois, eles se declararam exaustos daquela história de Beatles; não eram mais garotos nem tão jovens, nem artistas de palco, uns caras bonitinhos que faziam as meninas gritarem. Eram adultos e artistas dispostos a tudo para prová-lo. O jogo e a aparente brincadeira representavam, no fundo, uma busca de liberdade artística.

"A experiência psicodélica agora era vista em toda parte — até onde não havia. Supunha-se que 'Lucy in the sky with diamonds' fosse uma espécie de hino ao LSD, por ter as letras iniciais de "*Lucy*", "*sky*" e "*diamonds*" no título. Todas as explicações e declarações dadas em dezenas de entrevistas e reportagens nunca foram suficientes para que se aceitasse a história verdadeira. Lennon contava que um dia seu filho Julian chegou da escola com um desenho que ele fez para a coleguinha Lucy, no qual apareciam diamantes coloridos no céu. As imagens lembravam o livro *Alice no País das Maravilhas*, de Lewis Carroll. Lennon também dizia que a canção podia ser sobre uma garota com olhos de caleidoscópio que um dia viria do céu. Assim, segundo ele, poderia ter o nome da mulher por quem o cantor se apaixonaria, com quem se casaria e a quem muitos acusariam de ser a responsável pela separação do grupo — a artista japonesa Yoko Ono. Para ele, a menina navegando pelo rio em um barco seria a mulher que ele esperava, cujo amor o salvaria.

"Não adiantou explicar nada: todo mundo sempre achou que fosse um hino ao LSD. Como também 'Being for the benefit of Mr. Kite!' para sempre vai ficar marcada pela lenda de que, na verdade, a palavra *'horse'* no verso *'and of course Henry, the Horse, dances the waltz!'* só podia significar heroína, como na gíria. Significava apenas 'e é claro que Henry, o Cavalo, dança valsa!' A letra foi composta com base num velho cartaz emoldurado de um espetáculo circense, que John comprou num antiquário em Sevenoaks, no Sudeste da Inglaterra.

"Eu sei que uma penca de gente acha que Paul McCartney é o lado 'certinho' dos Beatles. Pra mim, mesmo todo aquele jeitinho pop de ser, ele fez grandes coisas. Eu separei aqui um exemplo da capacidade dele de compor ótimas melodias e criar letras fabulosas. A canção se chama 'She's leaving home' e foi composta a partir de uma notícia de jornal. Paul não quis esperar um dia para George Martin se desocupar de outro compromisso e fez a orquestração da música com outro arranjador, Mike Leander. Martin escreveu que nunca o perdoou por isso. Mas é difícil encontrar em uma música tanta compreensão de adolescentes solitários, alimentando seus sonhos em quartos fechados e deprimentes, muitos sem alternativa além de descer a escada em silêncio e, numa manhã de quarta-feira, ir embora deixando tudo para trás, principalmente a superficialidade lamuriosa dos seus pais. '*She* (*We gave her most of our lives*) *is leaving* (*Sacrificed most of our lives*) *home* (*We gave her everything money could buy*). *She's leaving home after living alone* (*Bye, bye*) *for so many years*' (Ela [Nós lhe demos a maior parte da nossa vida] está fugindo [Sacrificamos a maior parte da nossa vida] de casa [Nós lhe demos tudo que se podia comprar]. Ela está fugindo de casa depois de viver solitária [Adeus, adeus] por tantos anos).

She's leaving home
The Beatles

"É uma canção triste e linda. Como 'A day in the life', escrita por Lennon também a partir de notícias de jornal e com um dos melhores arranjos de toda a carreira dos Beatles, com uma bateria incomum, um despertador que dispara inesperadamente e uma orquestra inteira que vai aumentando o tom de um jeito maluco, meio desafinado, e termina com um acorde muito longo de vários pianos. De maneira geral, esse foi um disco com enorme influência de Paul McCartney, que somou ao psicodelismo e à tendência filosófica de Lennon gostos mais musicais, como o vaudevile em 'When I'm sixty four', os violões rítmicos e os pianos em 'Lovely Rita', todo o ambiente e a rica tradição do *music hall* inglês.

"Em novembro de 1967, os Beatles lançaram *Magical Mystery Tour*. O disco reunia canções de um programa especial feito para a televisão e não tinha, como teve *Sgt. Pepper*, uma linha que ligasse o disco inteiro nem trazia grandes inovações; ainda por cima, continha cinco sucessos lançados em compactos. A crítica pegou pesado, o que hoje parece uma grande injustiça. A canção-título é ótima. Paul e John continuavam a criar ótimas melodias e a recordar e descrever os lugares onde passaram a infância: 'Strawberry Fields forever', de John, fala do orfanato perto da casa onde ele morava com sua tia Mimi, e 'Penny Lane' é a visão de Paul sobre uma rua de Liverpool bem próxima de sua casa.

"Desde garoto John foi um sujeito complicado, diferente, muito introspectivo, sensível, solitário, com uma imaginação maior do que o mundo. Aquele é um lugar real na memória, como também um lugar imaginário, para onde se deseja ir. Mas agora 'Strawberry Fields' também é um pequeno jardim no Central Park, em Nova York, diante do edifício Dakota, residência dos Lennon, onde um desequilibrado assassinou o *beatle* em dezembro de 1980.

"O álbum tem músicas incríveis. Uma que me parece bastante injustiçada é 'I am the Walrus', uma maluquice na época, com trechos que são puro rap vários anos antes do rap. A crítica não deve ter entendido nada do que a música e a letra representavam como experiência, como tentativa, cheias de truques, trocadilhos, piadas. Agora a Laurinha vai me substituir para apresentar os últimos discos dos gênios. Valeu."

4EVER

— O álbum duplo *The Beatles*, logo apelidado de *White Album*, e no Brasil, de *Álbum Branco*, por causa da capa inteiramente branca, pode ser visto como uma experiência tanto frustrante quanto interessante pela mesma razão: os discos são uma confusão. Não se sabe se as canções são homenagens ou sátiras, como "Back in the USSR", uma "resposta" a "Back in the USA", do Chuck Berry, na forma de uma paródia dos Beach Boys.

"Lennon e McCartney praticamente não são mais parceiros e parecem competir nas suas composições. John compôs baladas como 'Julia' e 'Dear Prudence', canções como 'Glass onion', que celebra o culto aos Beatles visto pelas lentes grossas do míope John, a maravilhosa 'Cry baby cry' e uma espécie de colagem que é 'Revolution 9'. Paul parece não estar nos seus melhores momentos, mas experimenta em várias direções, com 'Honey pie', o country 'Rocky Raccoon', a divertida 'Ob-la-di, ob-la-da' e, acho que a mais interessante de todas, 'Helter skelter', uma precursora da metaleira. Ringo aparece com sua primeira composição, 'Don't pass me by', e George consegue ganhar espaço no número de músicas por disco, entre elas uma das suas mais belas criações, 'While my guitar gently weeps'. Até que as coisas parecem se ajustar de repente e Paul outra vez compõe algumas das suas lindas canções.

"John estava se separando da sua mulher, Cynthia, para ficar com Yoko. Uma das coisas mais tristes e duras para o filho dele, Julian, foi perder o pouco convívio que tinha com o pai. Paul, que era como um tio para o menino, sofreu com essa separação, como também não estava tranquilo sobre seu parceiro desde a chegada daquela poderosa e estranha garota japonesa. Ele apareceu com uma canção dirigida ao personagem Jules, mas John entendeu cada palavra como sendo para ele. Paul não queria que George tocasse guitarra nessa música. Não queria ofender o amigo, mas também não faria diferença se isso acontecesse, desde que não aparecesse nenhuma guitarra. Quando percebeu isso, John teve o primeiro sinal de que os Beatles não durariam muito. Bom, essas são algumas historinhas dessa grande canção, em que o personagem acabou se chamando Jude. *'Hey Jude, don't make it bad. Take a sad song and make it better. Remember to let her into your heart, then you can start to make it better'* (Ei Jude, não leve a mal. Pegue uma canção triste e a aprimore. Lembre-se de deixá-la entrar no seu coração, aí você começará a aprimorá-la).

Hey Jude
The Beatles

"*Yellow Submarine*, o disco seguinte, do início de 1969, traz a trilha sonora do desenho animado de mesmo nome, composta por três canções conhecidas e três novas, em um lado do vinil, e as músicas instrumentais compostas por George Martin. Mas logo viria *Abbey Road*, o último disco gravado pelos Beatles, lançado em setembro de 69, portanto antes de *Let It Be*, por divergências entre eles e pelo tempo gasto para recuperar o trabalho em estúdio nesse projeto. O grupo continuava obstinado, trabalhando sua arte, e se despediu com essa obra-prima. Nunca harmonias tão lindas foram ouvidas em um grupo de rock, nem guitarras tão pesadas e furiosas ou aqueles sons estranhos do sintetizador Moog. 'Come together' é uma obra-prima. George Harrison floresceu de vez como compositor nessa sua 'tradição' de duas músicas por álbum e agora tinha para apresentar canções como 'Here comes the sun' e 'Something'.

"O último álbum lançado pelos Beatles passou a ser, então, *Let It Be*, o único deles recebido com hostilidade pela crítica. Foi gravado ainda em janeiro de 69, mas o novo produtor, Phil Spector, resolveu melhorar a pós-produção e a mixagem em estúdio. Três dos Beatles gostaram do resultado, mas McCartney criticou bastante o uso de instrumentos de cordas e de um coral.

"*Let It Be* também foi um filme que retrata os ensaios e as gravações do disco, deixando claro que a banda sofria de tensões internas pesadas e que as composições eram muito irregulares. Como sempre, há uma coleção de canções de primeira linha. Mas as crises já eram então incontornáveis e, no dia 10 de abril de 1970, Paul McCartney anunciou que estava deixando os Beatles por 'diferenças pessoais, comerciais e musicais'. Durante diversos anos após a divisão houve esperança de que eles se reunissem outra vez, pelo menos para um grande show. Isso não aconteceu e se tornou impossível em 8 de dezembro de 1980, quando assassinaram Lennon.

"Foi muito difícil para nós escolher a música que encerraria o nosso encontro sobre os Beatles. Dá vontade de ouvir uma porção de canções, mas achamos que a melhor seria esta que o Paul compôs depois de sonhar com sua mãe, que havia morrido dez anos antes, quando ele tinha 16 anos. Ainda em 1968, Paul atravessava uma fase difícil, por causa das fortes tensões entre os Beatles durante as gravações do *Álbum Branco*, e sonhou que a sua mãe, Mary, o tranquilizava dizendo '*let it be*' — deixe estar, deixe pra lá, insinuando que tudo ficaria bem.

"Para terminar, 'Let it be'."

Let it be
The Beatles

"*When I find myself in times of trouble, mother Mary comes to me speaking words of wisdom: let it be*" (Quando me vejo em momentos difíceis, mãe Maria vem a mim e diz com sabedoria: deixe pra lá).

Todo mundo estava meio emocionado, e eu ouvi aquelas primeiras palavras como se tivessem sido escritas para mim. Comecei a sentir a garganta apertar, mas logo alguém me abraçou por trás e eu soube imediatamente quem era; ela apenas sussurrou:

— *Let it be*, Leo.

Eu me virei e abracei Helena com toda a minha força e ela começou a dançar comigo com o maior e mais carinhoso sorriso do mundo. Então eu soube que estava tudo bem, que ela me perdoara e estava, outra vez, fazendo tudo para me ver feliz. Felipe correu até Alice e a puxou para dançar; Pedro, Carolina e Laurinha dançavam enlaçados. O sujeito estranho e um monte de gente olhavam para o Antônio. Quando ele puxou a Clarisse para dançar, foi como se uma senha tivesse corrido a sala — quase todo mundo levantou. Maria distribuía seus sanduíches, oferecia sucos e bolos. Carolina e Laurinha colocavam os discos, fazendo tocar séries de rocks, blues, alternados com músicas românticas e baladas. Só Beatles, a noite inteira. Cada música agora soava diferente, como se estivéssemos mais próximos deles, como se pudéssemos sentir saudades de um tempo que não vivemos. Era bom ver a casa cheia, a música e a alegria, Helena e Maria adorando. A noite terminou com todos formando uma grande roda de mãos dadas, cantando "Yellow submarine" — finalmente, como as crianças para quem eles escreveram a canção.

TENTAR ENTENDER

— Olha aqui, Leo, por favor, você me faça a fineza de não me encher o saco! Você tem que inventar um problema por dia com o seu pai.

— Inventar? O cara puxou fumo, tomou ácido e sei lá mais o quê e eu é que estou inventando problema?

— Leo, você nem era nascido. Seu pai tinha 20 e poucos anos.

— Quer dizer que, se todo mundo agora puxa fumo, você também vai puxar?

— Olha aqui, Leo... Eu queria sugerir um negócio que vai fazer bem para você. Um amigo meu tem a avó mais incrível do mundo e eu acho que você podia ter uma conversa com ela.

— Mas eu estou conversando com você porque acho que pisei na bola feio com a Helena e não quero criar outros problemas para ela.

— Agora não adianta mais. Você pulou em cima da bola com os dois pés e o que salvou toda a situação foi o extremo bom humor da sua avó e da dona Maria. No final, quando ela decidiu dançar com você, foi para dizer que estava tudo bem. Volta para casa, senta com ela lá naquelas cadeiras do quintal e conversa tudo que quiser. Mas vê se você consegue não fazer drama. Principalmente com tudo que envolve o seu pai.

AINDA TENTAR ENTENDER

Não tenho mais muita paciência para discutir o assunto. Fico me sentindo como o chato que está vestindo o chapéu de coitado e todo mundo diz: "Olha lá o cara com aquele chapéu! Coitado!" Resolvi encarar a Helena numa conversa. Era o mínimo que eu podia fazer.

— Você me desculpa?

— Deixa de ser bobo, Leo. Eu não estou preocupada com isso.

— Mas eu estou. Eu errei.

— Errou. Mas sabe por que errou?

— Eu fiquei muito nervoso com esse negócio do meu pai.

— E aí apronta comigo? Sobe para o quarto, desaparece e deixa mais de 30 pessoas para eu, a Maria e o Felipe recebermos? Você tem é que entender por que fica tão abalado com tudo que diz respeito ao seu pai.

— Você não acha que é importante o que eu descobri?

— O que você descobriu? Aliás, como você descobriu?

— Eu escrevi para o meu pai e ele respondeu logo depois. Escreveu um pouco carinhoso demais para o jeito dele, dizendo que você não devia ter me dado a coleção. Começou a dizer que lá havia coisas que talvez eu não compreendesse, que qualquer dúvida eu falasse diretamente com ele. Tudo muito esquisito. Fiquei desconfiado. Por que se preocupar com o que eu vou ler no que ele escreveu sobre rock? Acabei descobrindo uma carta em que ele conta que foi a um show, depois para a casa de uns amigos e experimentou maconha e LSD. Você sabia, né?

— Sabia. Ele me contou. Por que isso deixou você tão abalado?

— Porque fiquei decepcionado com ele. Conheço caras por aí que puxam fumo. Mas nunca imaginei o meu pai...

— Leo, vou economizar as suas preocupações. Naquela época, as drogas eram uma experiência. Muitas pessoas queriam provar, conhecer, saber como eram os efeitos, e os perigos eram pouco conhecidos. Não existia essa associação direta entre droga e crime; o LSD, por exemplo, só se tornou ilegal depois de 1968. Depois ficou uma coisa clandestina, mas não era um troço de vida bandida, traficantes, cartéis sangrentos, guerras de quadrilhas. Hoje, quando um jovem decide experimentar uma droga, ele está se expondo aos imensos perigos daquela substância, mas também ao crime. Naquela época não havia isso. Eu não estou dizendo que o que seu pai fez estava certo, mas felizmente não teve maiores consequências, e eu não vejo por que você se preocupar tanto com isso.

— Eu me assustei. Acho que foi isso.

— Acho que não foi só isso, Leo. Você está muito inseguro sobre quem é o seu pai. Eu não vejo a hora de vocês estarem juntos outra vez. Essa proximidade será melhor, com todos os atritos que ela possa ter, do que esses fantasmas. Agora você tem que deixar baixar a poeira e processar uma emoção de cada vez. Solte o ar, Leo. Aproveite o que está acontecendo para aprender que a gente não conduz as coisas, muito menos as pessoas. Seu pai é como é, e eu posso garantir que ele tem qualidades e defeitos. Tenha mais paciência com ele e com você. A vida, Leo, é como estar no mar — um pouco a gente nada, um pouco a onda leva.

PRESENTE

A conversa com a Helena me fez bem, e eu estava mais leve e animado quando passei pela cozinha para comer alguma coisa antes de ir dormir. Maria me entregou um pequeno pacote de papel amarelo que o Felipe tinha deixado para mim. Era uma fita cassete, e subi correndo para ouvir no meu quarto. Desfiz o embrulho, e um bilhete do Felipe caiu em cima da cama.

> *Depois da nossa conversa hoje na escola, voltei pra casa pensando em você. Acho que a barra está mesmo pesando. Dona Helena é o máximo, as coisas que ela faz por você e todos aqueles conselhos que ela sabe dar ajudam muito. Mas eu entendo a sua tristeza, a solidão, todas as coisas que todos nós sentimos e ficam mais difíceis quando não temos com quem dividir. Quando cheguei em casa estava a confusão de sempre, meus irmãos disputando coisas na mesa do almoço, minha mãe gritando para desligarem a música, que ela queria ter sossego pra almoçar. Fiquei imaginando se essas coisas desaparecessem, se de repente a minha família viajasse e eu ficasse sozinho, como tudo isso me faria falta.*
>
> *Daí eu resolvi escrever pra dizer que eu entendo você. Como eu não sou muito bom nisso, fui procurar ajuda nos nossos poetas. Fiquei quase maluco enquanto o meu irmão ouvia o novo disco da Legião Urbana, que acabou de sair, e*

está tudo lá, cara! Uma porção das coisas que, se eu soubesse como, gostaria de dizer pra você.

Eu queria mesmo era ter gravado o disco inteiro, mas meu irmão quase me matou. Acho que ele vai ouvir o disco até gastar. Tremendo mão de vaca. Queria dizer tantas coisas, queria que você pensasse em uma alegria neste momento da nossa vida, pela dona Helena e pela Maria, e também por você mesmo. Cara, tomara que essas canções ajudem você. De qualquer jeito, elas serviram para eu dizer que você é o meu amigo. E eu acho que isso diz tudo. Valeu.

Felipe

ROCK AND ROLL

Eu acordei danado, doido, furioso, pronto para encarar todas, qualquer um, um batalhão inteiro, uma esquadra, um canil, todas as feras dentro de mim sacudindo, grunhindo, rosnando, batendo contra as paredes da minha cabeça, querendo pular, saltar fora da caixa de osso e bater lata pela cidade, pelo mundo afora. Não só conquistar e possuir, mas destruir, derramar, vingar a minha fúria reprimida pela esperança de que, finalmente, pudesse viver em paz. Apenas 15, 15 anos, mas esses foram os que eu tive para tentar criar olhos para enxergar o mundo e, depois do esforço, ter tanta vontade de apagar a luz, sair de mansinho de dentro do pesadelo com a mesma frase me martelando a cabeça — não pode, não pode ser isso. Mas era isso. Tudo isso. Só isso. E eu com meus 15, quase 16 anos.

Nem a Maria tinha acordado quando deixei o bilhete sobre a mesa da copa avisando que não voltaria antes do final da tarde e que ninguém se preocupasse, porque eu ia dar umas voltas com o Felipe. Passei na casa dele e precisei acordá-lo para ele saber o que eu estava fazendo e segurar a onda.

Peguei o ônibus e fui para Copacabana, direto para o Posto 6, no pequeno mercado de peixes, a colônia de pescadores, a grande muralha de pedra do Forte. Fiquei olhando aquele cenário tão lindo, a curva da praia, o mar, o Leme, as montanhas onduladas do outro lado da entrada da baía e a imensa, indecente muralha de prédios. Gente correndo na praia, os turistas chegando deslumbrados, cor-de-rosa, ardidos e felizes para rolar nas areias e nas ondas, sonhar com as mulheres, sob o sol de Copacabana.

Nos fones de ouvido do Walkman, a guitarra de Jimmy Page e o baixo de John Paul Jones chacoalhavam, John Bonham espancava a bateria e Robert Plant gritava a chegada dos *vikings* a terras desconhecidas, sonhando com o Valhala, enquanto banhavam de sangue quantas costas, ilhas e penínsulas aparecessem pela proa na rota dos seus barcos. *"The hammer of the gods will drive our ships to new lands to fight the horde, singing and crying: Valhalla, I am coming!"* (O martelo dos deuses levará os nossos navios a novas terras para enfrentar a horda, cantando e gritando: Valhala, estou chegando!)

Immigrant song
Led Zeppelin

Eles estão aqui; correm rodopiando por sobre a própria cabeça, por sobre o próprio capacete com chifres, por sobre a sua indomável cabeleira ruiva espadas e machados e martelos e todas as melhores armas que possuam para quebrar, cortar, esmagar, furar, rasgar, sangrar, estripar. Eu os vejo passar por velhinhos e velhinhas, por olhares e sorrisos deslumbrados dos turistas de toda parte. Vejo os *vikings* gritarem, uivarem e cuspirem enquanto cruzam com carrinhos de bebê e suas babás impecáveis, atravessando por entre os carros que se arrastam lentamente a caminho do centro da cidade. Vejo sua marcha se reduzir, seus passos pesarem, as barbas pingarem, os braços caírem, seus olhos murchando do desejo de violência para um desânimo, um cansaço que os faz arrastar os pés e arquear a boca ao chegarem à segunda pista. Vejo-os se esgueirarem, pesados, entre os carros e vão se derretendo, bem devagar, antes de alcançarem o calçadão e serem salvos por sorridentes garçons equilibrando bandejas lotadas de copos suando cervejas geladas. *Vikings* furiosos derretem sob o sol de Copacabana. Levanto e começo a atravessar as pistas, rindo sozinho da minha fantasia, guardada nos fones de ouvido, dentro da minha cabeça e das minhas sensações, sob o sol de Copacabana.

Resolvo andar por dentro do bairro, por suas avenidas movimentadas de carros e de gente, entupidas de barulho e confusão. Toda a fauna humana curiosa, preguiçosa, corrida, arisca, comprimida nas calçadas estreitas, apertadas entre camelôs e malandros, entre carregadores de mercadorias abastecendo as lojas, apitos dos guardas, buzinas dos carros e sua fumaça. Acima delas, até onde o olhar pode alcançar, deixando lá no alto estreitas réguas azuis de céu, os desfiladeiros, os cânions de edifícios, rua após rua, avenida após avenida, até a beira do mar, até a beira dos morros. Mas aqui, embaixo e no meio de tudo, você desaparece, você não é visto, você encontra o mundo e se desencontra dele, você é apenas outro ser naquele bolo de gente, mas também se concentra em si mesmo, talvez muito mais do que em qualquer coisa. Em Copacabana você fica imediatamente íntimo de todas as máquinas que existem para divertir, ao mesmo tempo que se expõe a todos os truques da sobrevivência.

Nas praças estão os velhos jogando cartas e damas, as crianças brincando nos tanques de areia, as babás, os porteiros, os garçons de folga, os estudantes. Sorriem, provocam, prometem, namoram, porque a praça é de todos e na praça tem de caber toda a alegria, a brincadeira, o descanso, porque em volta dela tudo se agita. Os ônibus disputam os pedaços de calçada onde despejam e pescam seus passageiros, os táxis se arrastam procurando quem os queira até que um braço se levante e eles parem, e logo todos buzinam, reclamando.

Em volta de cada praça de Copacabana há bares e restaurantes, igrejas para todo fiel, muitas bancas de jornal, floristas, vendedores de frutas, cabarés. Lojas que ditaram a moda anos atrás agora são brechós. Edifícios de luxo ainda lustram as maçanetas e as pesadas portas de metal, mas os tapetes vermelhos estão puídos, as paredes, encardidas, os vidros, opacos, e grades invadem as calçadas. Lojas de discos berram os últimos sucessos, as de suco penduram frutas nas fachadas, os grandes magazines sopram sobre a multidão tentadoras golfadas de um ar fresquinho e perfumado, os bancos se fecham e se armam. No meio de tudo, pequenas lojas vendem meias, artigos de papelaria, coisas para a casa, doces e comidas vindos de todo lugar, e o que mais você quiser e precisar, além da maior coleção de farmácias que se possa imaginar. Em cada quarteirão há uma loja, pelo menos uma, vendendo periquitos e passarinhos, filhotes de cães, gatos, tartarugas, peixes de todas as cores, vindos de todos os mares e de tantos rios, porque é urgente ter um animalzinho em Copacabana: quanto mais gente, maior a solidão.

Vou fuçando as bancas de jornal, as livrarias e os sebos. Gasto algumas horas dentro da imensa loja de discos. Um sujeito esquisito com óculos de lentes muito grossas, que enfiava a cara em cada disco para ler o que estava escrito, me deu a dica de uma loja de discos usados, onde deixei mais um bocado de dinheiro. Comi dois pedaços de pizza, dois cachorros-quentes, pipoca, biscoitos folheados de queijo, uma bomba de chocolate, um *sundae* de morango e tomei um bocado de refrigerante. Quando eram 4 da tarde eu estava feliz, saciado, cheio de revistas, livros e discos de rock. Tinha gastado toda a grana que guardara do meu aniversário, mas valeu a pena.

Quando cheguei em casa, Helena estava um pouco preocupada, mas nada além disso. Eu fora guloso, curioso, mentiroso; vira um pedacinho da enorme confusão do mundo conduzido apenas pelos meus cuidados e pelos meus desejos. Meu dia se fechou perfeito. Pela primeira vez na minha vida eu estive sozinho no meio da multidão, perdido nela, escondido dentro do meu fone com o Led Zeppelin. E fui feliz, imensamente feliz, simplesmente feliz, sozinho, sob o sol de Copacabana.

ESTUDAR

Não é tão difícil assim. Organizei os livros e as revistas, marquei as informações que encontrei e comecei a juntá-las como em um quebra-cabeça. E adorei fazer isso. Até havia um ou outro disco deles na coleção, mas era eu quem estava descobrindo e compreendendo o Led Zeppelin.

Eles conseguiram fundir o rock pesado com a música folclórica inglesa, fazendo uma revolução, e a influência deles naquele momento se compara à dos Beatles. Podiam ser o que quisessem e decidissem a cada momento — violentos, suaves, de uma sutileza extrema ou da mais brutal pancadaria. Para fazer isso não basta vontade, companheiro; tem que ter música correndo nas veias, livre e solta, dando voltas pelo corpo, por toda a imaginação e sem nenhum medo. E eles sabiam tudo — eram músicos de primeira.

Jimmy Page era um dos guitarristas mais solicitados para gravações na Inglaterra antes dos 20 anos, reconhecido pelo poder e pela clareza da sua guitarra. Ele foi o sucessor de Jeff Beck e Eric Clapton nos Yardbirds, que originaram o Zeppelin. Robert Plant tinha uma voz capaz de brincar com os timbres como ninguém, além de ter sido o parceiro de Page na criação de algumas das melhores canções do grupo. John "Bonzo" Bonham fazia sua bateria desabar como tempestade sobre a plateia, mas sempre apoiando o grupo. John Paul Jones, além de tecladista, era o baixo mais melódico da época, um músico completo. A filosofia deles, firmemente liderada por Jimmy Page, era sempre progredir e avançar, pensando à frente. Ele achava que rótulos musicais são coisas inúteis, mas, como insistiam que desse algum rótulo para o tipo de música que faziam, ele decidiu que o que mais se aproximava era "blues contemporâneo". Em "Whole lotta love", por exemplo, Page usa todo o peso que consegue da sua guitarra; Plant não poupa a crueza quase gritada da sua voz, com a bateria socando grave, aprofundada ainda mais pelo baixo. São as influências do blues do Mississippi e do folclore inglês, uma infinita delicadeza e a fonte do rock pesado. Eles viajavam por lugares estranhos, ouviam discos esquisitos, em busca de material novo, nunca se preocupando com qualquer limite de tempo, de lugar, de etnia — toda música interessava.

O grupo nunca se perturbou com o formato de canção que coubesse em um disco compacto e pudesse tocar nas rádios. Suas preocupações eram apenas musicais, e cada faixa era um percurso intenso por dentro do blues, ou letras imensas que falavam de lendas muito antigas. "Stairway to heaven" era uma delas: durava oito minutos e, mesmo assim, foi uma das canções mais tocadas nas rádios em toda a história do rock. O formato do sucesso da banda foi sempre o dos grandes shows e turnês, pois permitia fazer ao mesmo tempo rock e cena, esgotando os ingressos com semanas de antecedência.

Mas uma série de tragédias ocorridas em meados dos anos 1970 atingiu duramente o sucesso da banda. Robert Plant quebrou o tornozelo em um acidente de carro na ilha grega de Rodes. Quando tudo começava a voltar ao normal, seu filho Karac, de 5 anos, morreu vítima de uma infecção. Os parceiros perderam todo o ânimo e precisaram esperar até que pudessem lançar *In Through the Out Door*, seu último disco gravado em estúdio. No meio dos ensaios para uma turnê americana, outra tragédia atingiu o Led Zeppelin. Em 25 de setembro de 1980, o baterista John Bonham morreu asfixiado enquanto dormia depois do consumo excessivo de bebidas alcoólicas: foram 40 doses de vodca. Sabendo que ele era insubstituível para o grupo, o Led Zeppelin se desfez.

O grupo vendeu 84 milhões de discos em 12 anos de trabalho — só os Beatles superaram essa marca. Anos depois, Jimmy Page explicou o que eles realizaram, usando apenas uma palavra: “Paixão”.

ORGANIZAÇÃO

As opiniões estavam divididas. Alguns achavam que a Helena gostava do movimento, da casa cheia. Outros, que a paciência dela era infinita como a nossa cara de pau. Antônio trouxe a solução pronta em todos os detalhes.

— Vocês estão discutindo sobre o nada. Neste domingo nós vamos assistir ao filme sobre o festival de Woodstock. Eu aluguei a fita de vídeo e estou vendo e estudando tudo com a Clarisse. Mas o filme perde muito na televisão comum. Então nós tivemos a ideia de alugar um telão, o que precisa de um ambiente com pouca luz, para dar contraste. Bom, a proposta é organizar tudo para sábado às 4 da tarde, em vez de domingo. Podíamos fazer no salão de festas do meu prédio e não precisaríamos nos preocupar nem com a quantidade de pessoas nem com a hora de acabar. Meus pais já concordaram, vão ajudar na organização de tudo, e meu pai ficou todo animado para fazer um monte de comida. Como durante o filme não dá para dançar, e a música daquela época não era muito dançante, a gente pode emendar uma festa depois, tocar músicas dos anos 1950 escolhidas por sua avó. Ela vai adorar fazer isso! As despesas a gente divide entre todo mundo. Sai um pouquinho para cada um. Você traz a sua avó e a dona Maria como nossas convidadas de honra.

— Eu falo com elas. Para mim está ótimo. Fechado?

— Fechado!

FESTA

Helena concordou imediatamente com a solução, quase aliviada. Mas deu sinais de ciúmes e na quinta-feira começou uma superprodução na cozinha. Durante a semana tivemos várias conversas e reuniões, como que preparando uma grande conspiração, uma revolução secreta. A nossa preocupação é que as aulas tinham terminado e todo mundo se dispersaria durante as festas de fim de ano e as férias de verão. Felipe, Alice, Antônio e Laurinha achavam que deveríamos nos organizar logo para continuar os encontros, para aproveitar as férias e ouvir discos, descobrir novidades, estudar uma porção de grupos e tendências.

Havia ainda muito para ouvir: todos os pioneiros da década de 1950, quase tudo que vinha depois de Woodstock, o rock progressivo, o rock brasileiro. Uma das polêmicas era se só ouviríamos e estudaríamos rock. Muitos queriam ouvir mais música brasileira, outros queriam incluir mais blues, mas todos queriam ouvir todas essas músicas e muitas outras no grupo, juntos. O sentimento geral era de que tínhamos inventado alguma coisa capaz de reunir gente, apenas pelo interesse de ouvir, descobrir e compreender uma música que nos parecia infinita e quase inexplorada.

Na manhã de sexta-feira, o Antônio apareceu com uma palavra sugerida pelo pai dele que parecia servir como uma luva para o que queríamos — uma confraria. A palavra significa "associação de pessoas com um interesse comum, com um mesmo estilo de vida". Pronto, era o que queríamos. Tínhamos uma Confraria, isso mesmo, com letra maiúscula! A discussão agora era para escolher um nome. Felipe e

Antônio ficaram encarregados de apresentar alguma ideia, porque ninguém mais tinha paciência.

Fui para casa almoçar, meio desanimado, mas também aliviado de a reunião não ser lá. Fiquei pensando em um assunto que ficou de lado por conta de toda aquela confusão sobre o meu pai, mas que estava na sua carta com todas as letras. Precisava conversar com a Helena e preparar com ela um plano para não ir a Praga no fim de ano. Aliás, eu deveria mesmo era não ir para Praga nunca! Tinha que dar um jeito de convencer a Helena de que era melhor eu morar com ela para sempre. Como é que eu não pensei nisso antes? Claro, uma solução tão simples! Ia seguir os conselhos do Felipe, levar o assunto com toda a calma, bem macio, como eles gostam. Se não me quiseram, agora quem não quer sou eu. Meu lugar era no Rio de Janeiro, ouvindo música, participando da Confraria, a casa inteira só para mim, a Helena e a Maria. Fiquei impressionado com a minha burrice. Como demorei a pensar em uma coisa tão óbvia! Passei a tarde ouvindo a minha mais nova descoberta, Pink Floyd. *"Breathe, breathe in the air. Don't be afraid to care. Leave but don't leave me. Look around, choose your own ground"* (Respire, inspire o ar. Não tema a preocupação. Parta, mas não me deixe. Olhe ao redor, escolha o seu terreno).

Breathe (in the air)
Pink Floyd

No final da tarde chegou uma verdadeira comissão comandada pelo Felipe. Vieram sérios, parecendo que tinham uma missão muito importante a cumprir, e não me deixaram escolha alguma — o nome da confraria seria o que já haviam escolhido e eu não podia discutir. Queriam contar tudo para a Helena.

— Bem, dona Helena, o Leo já deve ter conversado com a senhora sobre a apresentação deste sábado.

— Ele me disse, sim.

— Nós viemos aqui para explicar que é impossível trazermos tanta gente. Já são 54 pessoas confirmadas. A senhora sabe que vão aparecer mais. Mas nós viemos falar sobre outra coisa. Queremos que a senhora venha ao encontro de sábado. A senhora e a dona Maria.

— De jeito nenhum! Isso vai virar uma festa e eu quero aproveitar o sossego.

— Vai ser bem mais do que uma festa. Posso explicar o que planejamos?

— Como se eu pudesse impedir...

Felipe riu amarelo e explicou como as coisas iam caminhando — a necessidade de organizar o grupo, as reuniões que poderíamos realizar para conversar — e como a música ajudava a tratar do que nos interessava.

— Faltava encontrar o nome da nossa confraria, e hoje nós achamos um que todo mundo gostou. A maioria de nós estuda com o Leo há muito tempo e já viemos à sua casa várias vezes. Sempre ficamos impressionados com aquele jardim japonês e a história de o seu marido colocar aquela ponte como símbolo do diálogo, do entendimento entre os países. A gente achou superbonito esse símbolo e resolveu que era um nome bastante bom e uma forma de agradecer a sua ajuda. Já estou falando demais. Dona Helena, nós queremos convidar a senhora para ser a madrinha da Confraria da Ponte.

Helena ficou séria. Olhou o Felipe, depois cada um dos outros. Enquanto baixava os olhos, ela sorriu.

LEVANTAR ÂNCORAS

Tudo estava organizado, funcionando como uma sequência natural e tranquila de detalhes pensados, previstos, planejados, providenciados para que o encontro fosse um sucesso. Antônio dominava a cena, impondo respeito apenas por sua presença, com sua simpatia espontânea, a gargalhada sonora, um jeito bonachão de menino grande, sem pressa de nada, sempre atento e disponível para funcionar como um elo entre os mais jovens e os mais velhos do grupo. Sua escolha para apresentar Woodstock não era apenas musical — Antônio sabia tudo de cinema, e o filme, um documentário sobre esse festival nos Estados Unidos, em 1969, era quase uma viagem no tempo. A fila de entrada se movia lentamente, mas sem interrupção. O salão estava arrumado para receber 50 pessoas sentadas em cadeiras distribuídas em dois grandes blocos separados por um corredor, o que deixava espaço suficiente na frente para mais umas 50 sentadas no chão. Havia uma grande tela quase encostada na parede, armada sobre um tripé de metal cromado; nela eram projetados vários videoclipes de rock brasileiro. Ao lado da porta de entrada, duas mesas tinham pratos, copos, talheres e guardanapos bem-arrumados, grandes jarras com água e muito gelo, mas nenhum sinal de comida. A fama de grande cozinheiro do Sérgio, pai do Antônio, seria experimentada durante a festa.

O encontro fora marcado para as 4 da tarde e, quando cheguei cumprindo a missão de acompanhar a Helena e a Maria, a turma da Confraria já estava presente, ajudando em várias coisas. Elas tiveram de parar várias vezes no caminho até as duas cadeiras reservadas nas melhores posições, para receber beijos e cumprimentos de um bocado de gente. Dos dois lados do salão havia uns grandes cabides e uns cestos com uma porção de roupas coloridas, enfeites, adereços, coisas para todo mundo se fantasiar de "anos 1960". Os mais desinibidos já se arrumavam; umas meninas pintavam flores coloridas e o símbolo de paz e amor no rosto. Logo todos se sentaram e conversaram e cantaram as músicas que apareciam no telão, até que, ao final de um dos videoclipes, o Antônio apareceu na frente e lentamente a sala foi se calando.

— Bom, acho que está na hora de começar. Eu queria agradecer a presença de vocês e combinar algumas coisas.

Esta é a primeira vez que nós vamos conversar sobre um assunto que vai ser apresentado através de um filme e não de discos. Por isso eu acho que o melhor é ir ouvindo e conversando; como sempre, parando o filme quando for preciso. Não dá para compreender apenas com um filme ou um monte de músicas o que aconteceu na época. Woodstock foi um momento, um pedaço de um mundo que algumas vezes, para nós, fica difícil entender. Por isso, vamos falar um pouco sobre algumas coisas importantes.

Concordamos com a proposta aplaudindo, assobiando como sempre. Só que agora o ruído era de umas cem pessoas, e eu achei incrível a tranquilidade do Antônio. De repente todos nós, os que iniciaram as reuniões há tão pouco tempo, nos olhamos e sorrimos, satisfeitos com a sensação de que havíamos criado algo que valia a pena. A Confraria da Ponte começava a fazer história. Clarisse foi comandar o espetáculo:

— Eu vou tentar lembrar algumas coisas daquele inacreditável mundo do final dos anos 1960, que estudamos com a ajuda do meu pai. Woodstock não pode ser separado do que acontecia no mundo naquele momento da história. Tudo isso, por sua vez, era o resultado de coisas que vinham ocorrendo fazia tempo em muitos lugares. O que chama a atenção é que tudo isso está completando 20 anos agora, idade que nenhum de nós aqui tem ainda e a maioria dos nossos pais também não tinha quando tudo aquilo aconteceu.

MUNDOS

Clarisse falava como se aquele fosse um assunto da sua vida inteira.

— Woodstock é o nome de uma pequena cidade do estado de Nova York, para onde foram os socialistas da década de 1920, onde viveu o grande poeta Allen Ginsberg nos anos

1950, onde moraram Bob Dylan e Joan Baez na década de 1960 e onde o festival não aconteceu. Woodstock é o nome de um encontro fantástico de bandas e músicos, de uma multidão de quase 500 mil pessoas, quando eram esperadas menos de 100 mil, de uma confusão feita de congestionamento, chuva, lama, fome, frio, cansaço, que tinha tudo para se transformar em tragédia. Woodstock é o nome de uma demonstração de paz, alegria, não violência, fraternidade, idealismo, juventude, sexo, drogas e rock and roll em um país ferido por violência política, em um mundo ameaçado de extermínio nuclear, dividido ao meio por comunistas e capitalistas, tangido como gado por sanguinários ditadores de direita e de esquerda. Pode ser que alguns não entendam por que diabos eu comecei a falar de política e de guerras — por uma razão muito simples: como o filme *Woodstock* vai nos mostrar, aquele era um mundo que parecia permitir quase tudo, até mesmo a crítica ao sistema vigente. Alguns acreditaram que as drogas poderiam libertar dessa opressão oculta, mas na realidade só reforçaram a alienação. A violência política aumentou de um modo que ninguém, no festival de Woodstock e no mundo, poderia imaginar.

"Mas Woodstock também ficou como símbolo de uma força nova, que não se podia mais conter ou esconder, que estava por toda parte, que não aceitava menos que tudo e agora. Uma gente colorida, descabelada, sorridente, exibida, que não gostava do mundo que estava herdando e do qual teria de cuidar: a juventude. É claro que sempre existiram jovens; mas não como esses. Eles eram os filhos da geração que vivera, de uma forma ou de outra, a Segunda Guerra Mundial e, antes dela, a grande recessão econômica dos anos 1930; uma geração capaz de heroísmos fantásticos, de vitórias no pensamento, nas artes e nas ciências com as mesmas proporções dos desafios que fora obrigada a enfrentar. Seus filhos, bem nutridos, educados, protegidos, queriam mais liberdade e mais democracia onde faltasse democracia e liberdade. Queriam paz e queriam amor. E queriam rock and roll."

Clarisse sabia o que nos dizer, como sabia que a maioria ali nunca tinha ouvido falar da maior parte daquelas coisas. Quando muito, um ou outro filme, algum programa de TV nos trazia algum fato histórico, mas nada antes deixara claro, como ela fazia, que aqueles acontecimentos se juntavam formando uma era, um pedaço do tempo que muda os caminhos do mundo, e Woodstock era o seu fim. E ela continuou:

— Como símbolo do que acontecia no mundo, havia uma guerra, a luta antiga do povo de um pequeno país do Sudeste Asiático, que esteve presente o tempo todo em Woodstock: o Vietnã. Em 1955, os Estados Unidos, com medo de que os comunistas dominassem a região, começaram a enviar os primeiros conselheiros militares ao país, se afundando na mais longa e impopular guerra enfrentada pelos americanos. Os jovens lideraram movimentos de protesto, de rebeldia, apoiaram por toda parte tentativas de conquistar mais liberdades, menos violência, menos tirania, menos desperdício e exploração. A violência que dividia o mundo em dois blocos também dividia países, regiões, credos e raças. A violência política americana, que já havia matado muita gente, como o presidente John Kennedy, em 1963, matou também seu irmão Bob naquele terrível ano de 1968.

"O reverendo Martin Luther King Jr., líder da luta pelo fim da segregação racial nos Estados Unidos, tinha um lema: 'As trevas não escapam das trevas; só a luz consegue fazer isso. O ódio não pode escapar do ódio; só o amor consegue fazer isso'. A nossa geração tem a impressão de que o *apartheid* só acontece na África do Sul. Mas até os anos 1960 os negros americanos, principalmente nos estados do Sul, eram proibidos de frequentar as mesmas escolas e universidades, bibliotecas e igrejas, hospitais, teatros e cinemas, os mesmos restaurantes e lojas, de usar os mesmos banheiros, bebedouros, elevadores, ônibus e bondes que os brancos. Eles precisavam ter seus cemitérios, sindicatos, boliches, cassinos, prisões, e é claro que tudo o que era pior, especialmente os empregos, era destinado aos negros. Para eles, quase 10% da população americana naquela época, o sonho americano, a terra da liberdade e das oportunidades, era apenas uma mentira vergonhosa e cotidiana. King não foi o único líder daquela luta que enfrentou covardia e injustiça. Quem a venceu foram os negros americanos, os mais simples e humilhados e, por isso mesmo, os mais corajosos.

"Martin Luther King recebeu o Prêmio Nobel da Paz em dezembro de 1964. Ele foi irredutível na defesa da não violência como o único caminho possível para a conquista dos direitos civis. No dia 4 de abril do terrível ano de 1968, ele se preparava para liderar outra passeata pela paz em Memphis e foi assassinado com um único e preciso tiro de fuzil quando estava na varanda do segundo andar do Lorraine Motel. Ele tinha 39 anos de idade.

"Quando nós virmos no filme um negro, sozinho com seu violão, sentar em um banquinho e cantar diante da multidão uma canção tradicional dos negros, quando cantar com sua voz rouca que ele às vezes se sente como um órfão, quando ele repetir incansavelmente 'liberdade, liberdade', Richie Havens estará dizendo que isso não é mais aceitável, que, se queremos ser civilizados, jamais admitiremos a opressão, a irracionalidade dos racistas. E como esse sonho é quase impossível de realizar, como ele deve ser sempre nutrido, encorajado, Woodstock ficará para nos lembrar."

Na parede do fundo da sala, de cada lado do telão, Clarisse e Antônio haviam desenrolado dois lençóis até o chão, que estavam cheios de datas e acontecimentos, decorados com flores de papel coloridas e símbolos de paz. Antônio estava fluente e tranquilo, e ia apontando todos aqueles fatos tão importantes, aparentemente impossíveis de caber em apenas um ano.

— Em janeiro de 1968, Nova York foi abalada por manifestações contra a Guerra do Vietnã, lideradas por professores e intelectuais; na noite de 31 daquele mês, os norte-vietnamitas lançavam a ofensiva do Tet com 70 mil soldados, levando a guerra das florestas para as cidades. Em fevereiro eram realizados os primeiros bombardeios a Hanói, e o professor Christian Barnard realizava o primeiro transplante de coração na mesma África do Sul que, um mês depois, punha em vigor a lei do *apartheid*. Em março, soldados e oficiais americanos da Companhia Charlie mataram mais de 300 ou até 500 civis em Mi Lai, inclusive mulheres e crianças. Luther King foi assassinado em abril; Bob Kennedy, em junho; em agosto, os tanques soviéticos invadiram a capital da Tchecoslováquia, frustrando a "Primavera de Praga", movimento político que sonhava com um socialismo mais humano.

Senti um arrepio ao pensar que logo eu viveria naquela cidade cinza e fria, onde o meu pai queria viver o seu sonho de autoridade.

INVENTANDO UM LUGAR

A alternância entre Antônio e Clarisse estava afinada, e ela prosseguiu:

— Setembro foi o mês dos protestos dos grupos de Libertação da Mulher no concurso de Miss América, onde fizeram fogueiras com seus sutiãs, para elas um símbolo da opressão. Em outubro explodiram os confrontos entre católicos e protestantes na Irlanda do Norte. Em protesto contra o *apartheid* da África do Sul, 28 países africanos boicotaram os Jogos Olímpicos que começavam no México. Em novembro, Richard Nixon foi eleito presidente dos Estados Unidos. Para acabar o ano, em dezembro, a Apollo 8 completava uma volta ao redor da Lua.

"Os protestos de Paris haviam começado em 22 de março de 1968, quando oito estudantes invadiram o gabinete do reitor de uma universidade, clamando contra a prisão de seis colegas que participavam do movimento contra a Guerra do Vietnã. A rebelião se reproduziria mundo afora, no Brasil inclusive. Na França, os confrontos levaram 12 milhões de trabalhadores a entrar em greve. O filósofo Jean-Paul Sartre propôs a transformação das cidades universitárias em cidades da juventude. Em maio, o governo reprimiu duramente os protestos, até que não só Paris, mas o país inteiro, que aderia rapidamente, desistisse das suas reivindicações por melhores condições de estudo e de trabalho. Uma forma marcante de manifestação foram os cartazes criados pelos alunos e colados nos muros da cidade. Muitas frases apareceram em letras de música, como o verso 'é proibido proibir' da canção do Caetano Veloso. Nós trouxemos algumas que achamos que vocês gostariam mais:

Corra, camarada! O velho mundo está atrás de você!

As paredes têm ouvidos; seus ouvidos têm paredes.

A barricada bloqueia a rua, mas abre caminho.

A vida está adiante.

"E uma das melhores frases, aclamada até hoje: 'Todo o poder à imaginação'. Eram ideias de liberdade, de conquistas políticas, mas também de mudanças no comportamento, de igualdade entre homens e mulheres, contra qualquer preconceito racial, religioso, sexual. Os estudantes queriam mais vagas nas universidades, que os trabalhadores tivessem emprego e salário melhor, queriam derrotar uma geração de políticos e mostrar que a vida, a velha amiga, tinha de ser melhor. E naquele momento.

“O que nos interessa aqui é 1969, mais um ano barra-pesada. As polêmicas sobre o festival de Woodstock até hoje não chegaram a nenhuma conclusão. Para alguns, foi um marco de uma contracultura que pregava os valores humanos; para outros, apenas uma bagunça promovida por uma gente desorganizada, uma combinação de ingenuidade com oportunismo. Mas ali, por quatro dias, é como se tivesse sido criado um mundo pacífico e musical: sexo, drogas e rock and roll sem culpa.

“Os meses preparatórios foram uma confusão, com aquela turma de produtores com um bom dinheiro e total inexperiência aprendendo a organizar megafestivais e errando. Entre as 5 horas e 7 minutos da sexta-feira 15 de agosto de 1969 até a manhã da segunda-feira 18 de agosto, aqueles malucos, com a ajuda de quase 500 mil outros, fizeram o maior congestionamento da história do estado de Nova York, um bocado de lama e horas ininterruptas de um bocado da melhor música da época. John Roberts, Joel Rosenman, Artie Kornfeld e Michael Lang, de 26 anos — o mais velho dos produtores —, perderam quase 2,5 milhões de dólares na época. Apesar de algumas experiências com produção de discos e shows, nenhum deles sabia muito bem em que estava se metendo.

“O sistema de som foi encomendado ao dono de uma loja de equipamentos cujo endereço encontraram em uma revista. Eles queriam a sonorização de um concerto ao ar livre para 50 mil pessoas, embora achassem que poderiam vir ‘talvez umas 100 ou 150 mil’. O sujeito achou que estava falando com malucos: nunca acontecera um show para 50 mil pessoas! Para a tecnologia que existia, aquilo era equivalente a sonorizar um show para 30 milhões hoje! Ele fez o que pôde, mas no final apareceram as tais quase 500 mil pessoas.

O sistema era tão precário que o ataque das suas caixas podia provocar dor em todas as pessoas localizadas num raio de quatro metros de distância. Enquanto isso, a Woodstock Music and Art Fair — Feira de Música e Arte de Woodstock — era anunciada como 'um fim de semana no campo'.

"O primeiro lugar onde tentaram montar o festival foi em um terreno industrial muito feio na pequena cidade de Wallkill. As vantagens eram a proximidade das rotas 17 e 211, duas das maiores rodovias do estado, as instalações de água e energia elétrica e a indispensável licença para a realização de eventos culturais. Mas a população local não estava nada satisfeita. As discussões se tornaram explosivas; cartas anônimas ameaçadoras começaram a chegar à polícia. Depois de uma interminável série de dificuldades, o festival foi proibido em 15 de julho, um mês antes da data já anunciada no país inteiro para o seu início.

"Elliot Tiber era o dono do El Monaco, uma pousada de 80 quartos, quase sempre vazios, que um dia sonhara realizar um pequeno festival de arte e música, que custaria 2 dólares por dia e teria apresentações do quarteto de música de câmara do município e reuniria, talvez, o ambicioso número de 150 pessoas. Agora, enquanto ouvia a notícia da proibição em Wallkill, ele não acreditava que possuía um tesouro numa pequena folha de papel que nunca valera coisa alguma: a licença da cidade de Bethel para a realização de um festival. No dia 18, os produtores chegaram muito animados de Nova York, mas logo se decepcionaram com os cerca de 60 metros quadrados pantanosos atrás do hotel. Tiber sugeriu que alugassem a fazenda de Max Yasgur, seu fornecedor de leite e queijos. O fazendeiro ficou interessado e a primeira reunião com a produção foi marcada na plantação de alfafa. O lugar era perfeito! Havia uma parte mais baixa para o palco e, na sua frente, uma colina que subia suave e arredondada, onde o público poderia se espalhar confortavelmente; atrás, um belo lago. Enquanto as negociações começavam, o fazendeiro Max Yasgur calculava mentalmente quanto custaria perder a colheita, refazer o plantio, provavelmente arrumar um ou outro estrago no campo e nas cercas. O negócio de 75 mil dólares foi fechado com um aperto forte da mão direita com apenas três dedos do fazendeiro.

"Os telefonemas anônimos começaram a infernizar a vida de Tiber, enquanto a população se agitava com os anúncios pelo país inteiro: 'Venha para Woodstock e faça tudo que você quiser fazer. Ninguém vai lhe chatear'. Uma semana antes de o festival começar, os preparativos se resumiam à construção de alguma coisa no meio do pasto, que depois seria o palco. A única estrutura pronta era um heliporto. Os organizadores concordaram em instalar mais banheiros portáteis, enquanto os tais telefonemas começavam a falar em pernas quebradas.

"Do grupo que realizou Woodstock, Michael Lang ficou responsável pela montagem da infraestrutura, e vocês vão vê-lo no filme, montado na sua moto, com um ar de que tudo está muito bem e ele é um cara tranquilo. Lang responde às perguntas com um jeito displicente. Nos dias que antecederam o festival, decidiram que algo precisava ser feito para tentar conquistar a boa vontade da população de Bethel. Pareceu uma boa ideia fazer uma pré-inauguração do palco exclusiva para moradores. Convidaram um grupo de teatro e uma banda de rock para uma apresentação gratuita para aquela gente pacata da cidadezinha. As famílias trouxeram as crianças e os velhinhos, arrumaram as toalhas vermelhas e brancas em frente ao palco improvisado para comer seus sanduíches, frangos assados e tortas de maçã, esperando se divertir um pouco com um bom teatro e alguma música daqueles jovens que, pensando bem, até eram bem tranquilos. O grupo subiu ao palco e apresentou uma peça chamada *Sex*, em que todo mundo ficava pelado gritando as maiores obscenidades que conseguiam. 'Um laboratório de vanguarda na forma de um exercício coletivo para romper com todas as repressões sexuais que acumulamos ao longo de séculos, cara...' foi a melhor explicação que o diretor da peça conseguiu dar para as pessoas que tentavam se esconder, que fechavam os olhos, que cobriam a cabeça das criancinhas com guardanapos e cestas de vime."

O FILME

Antônio estava tão orgulhoso da amiga que não percebeu que agora era ele quem devia continuar.

— Estamos chegando ao grande momento de ver o filme. Nós vamos ver apenas trechos, porque ele dura umas três horas. Desde o início aqueles quatro sonhadores pensaram em fazer um filme do festival e, mesmo que tenham errado em tudo mais, nisso eles acertaram em cheio. Começaram tentando os grandes estúdios, e nenhum se interessou. Mas apareceu um sujeito tão talentoso quanto aventureiro que talvez encarasse o desafio. Michael Wadleigh tinha 27 anos e estava começando a se firmar como diretor de documentários. Tinha uma maneira nova de registrar a vida urbana cotidiana, na qual aconteciam as grandes lutas e conquistas. Achou que estava louco quando aceitou a proposta dos malucos que juravam que aquele seria o maior festival de todos os tempos, que anunciaria a chegada de uma era de paz, liberdade e criação, a Era de Aquário.

"Claro que havia um detalhe: os produtores não tinham mais nenhum dinheiro para pôr no projeto. Wadleigh limpou sua poupança e a conta da sua pequena produtora de filmes independentes e colocou 50 mil dólares para as primeiras despesas. Enquanto a produção em Bethel começava a acontecer, Wadleigh estava em Nova York selecionando profissionais, a começar pelo cara que seria responsável pelos nove meses de montagem do filme, o ainda desconhecido Martin Scorsese. A proposta era que a equipe trabalhasse de graça durante o verão, apostando em um contrato de 'o dobro ou nada': se o filme fizesse sucesso, eles receberiam o dobro do pagamento normal; caso contrário, nada, zero. Woodstock tinha de ser um documentário sobre o maior fenômeno da década e as mudanças que ele impunha ao mundo: a juventude. Dois dias antes do início, enquanto a equipe seguia para lá em uma frota barulhenta de carros velhos, a Kodak exigia pagamento antecipado para liberar os rolos de filme. Artie Kornfeld arrancou 100 mil dólares da Warner Bros. em um contrato escrito a mão. O filme rendeu dezenas de milhões de dólares para os seus produtores e foi o único sucesso comercial de Woodstock. Em 1971 ele ganhou o Oscar de Melhor Documentário e se transformou no padrão dos documentários sobre rock que viriam, conhecidos como *rockumentaries*.

"*Woodstock — Três dias de paz, amor e música* começa com um velhinho simpático, Sidney Westerfield. Ele viu a multidão chegar, só comeu flocos de milho durante dois dias, mas os garotos eram maravilhosos, muito educados. Tudo aquilo era grande demais, nada igual se tinha visto antes e ninguém poderia reclamar daqueles garotos. E ele ri. Todo mundo riu do velhinho. Quase 500 mil pessoas chegaram a Woodstock, a maioria depois de andar quilômetros, e mais de 2 milhões ficaram pelo caminho, presas no enorme congestionamento.

"Esses caras que vamos ouvir agora, abrindo o filme, foram apresentados por Cass Elliot, uma das duas cantoras do quarteto The Mamas and the Papas. As harmonias vocais deles eram perfeitas, cheias de influências sofisticadas e de um equilíbrio raro. Como instrumentistas, cada um deles estava entre os melhores, carregando blues, folk, rock and roll, optando quase sempre por instrumentos acústicos, cuja sonoridade logo ficou conhecida como *wooden music*. Ao se fecharem sozinhos durante três meses de 1969 em um apartamento na Moscow Road, em Londres, para conceber a sonoridade que queriam e criar seus primeiros números, já eram músicos reconhecidos: David Crosby cantava e tocava guitarra rítmica nos Byrds, Stephen Stills fazia parte do Buffalo Springfield e Graham Nash tinha sido o responsável pelas harmonias que popularizaram alguns dos maiores sucessos dos britânicos Hollies.

"Era difícil, tanto na Inglaterra como nos Estados Unidos, encontrar músicos como eles, quanto mais reuni-los. Crosby, Stills & Nash era o nome do grupo e do seu primeiro disco, recebidos pela crítica como um conjunto destinado a dar aos Estados Unidos os seus Beatles. Eles representavam a própria contracultura, a voz para ela contar histórias pessoais e coletivas, falando de comportamento ou de política, criando obras-primas como 'Suite: Judy Blue Eyes', 'Wooden ships' e 'Long time gone'. Mas aquelas harmonias a três vozes queriam uma quarta parte; os menestréis precisavam soar como um coro, o que não era fácil. Conseguiram trazer o canadense Neil Young, também ex-integrante do Buffalo Springfield, tão bom cantor, instrumentista e compositor quanto o trio original.

"As harmonias, os duelos de guitarra elétrica ou acústica entre Stills e Young transformaram o quarteto em atração imbatível com o imenso nome de Crosby, Stills, Nash & Young. Eles podiam ambicionar o sucesso que pretendessem; podiam, segundo a opinião de muita gente boa, superar os Beatles e os Rolling Stones. A questão era o convívio, alguma coisa que parecia impedir que se entendessem, que desejassem estar juntos. A primeira separação veio em 1971. Voltaram a se juntar em 1974, e esse ir e vir nunca acabou. Até hoje. Abuso de drogas, perdas, disputas por mulher, que era só um deles amar para que os outros imediatamente também a amassem. Mas uma coisa rara os obrigava como um dever, como uma missão sagrada que deviam levar adiante como cavaleiros andantes, como quixotes modernos: defender a música, a eterna música, a única possibilidade de sentido e de equilíbrio.

"Mas precisamos voltar a Woodstock: 14 de agosto de 1969. Campos, pastos e plantações, velhas casas, estábulos, tratores trabalhando, um pequeno grupo, talvez o primeiro, a chegar ao topo da colina, a olhar a curva perfeita do anfiteatro natural onde, em pouco tempo, haverá uma multidão. Um sujeito barbudo, com um chapéu amarrotado, talvez um velho colono viajando no tempo, talvez apenas um hippie já meio passado da idade, carrega na garupa do seu cavalo a menina bonita e loura. Um cara brinca de se equilibrar sobre um tronco arrastado por um trator. A frágil cerca de arame vai sendo montada. Tratores puxam arados, máquinas preparam os acessos, trazem equipamentos, o palco vai sendo montado. O lago está logo atrás, plácido. O público já está chegando, o lugar é o mesmo de sempre, nada está pronto, ninguém adivinha o que está por vir.

"Acho que a Clarisse pode reassumir agora porque ela tem muito para contar sobre isso e porque eu estou louco de sede!"

O FESTIVAL

Clarisse olhou algumas anotações e balançou a cabeça concordando consigo mesma, com alguma coisa que lembrara.

— A pequena cidade de Bethel começou a entender de verdade o que ia acontecer por causa de um ruído e de um cheiro desconhecidos até a manhã daquela quinta-feira. Ao longo das pequenas estradas, os habitantes foram acordados pelo chiado ritmado e arrastado das sandálias de couro, que lembrava uma lixa passando de leve contra madeira, enquanto um cheiro penetrante, meio doce, meio acre, invadia cada palmo da pequena cidade, lançado no ar por incontáveis cigarros de maconha. Espreguiçando, esfregando os olhos, os moradores chegavam às janelas para ver a romaria preguiçosa e contínua da garotada de roupas coloridas, mochila, saco de dormir, violão amarrado às costas, feliz. Saíram de casa horas, dias antes, vindos de todo canto, deixando por lá desculpas esfarrapadas, mentiras escabrosas, promessas, juras de mudanças, para namoradas, noivos, maridos e esposas, pais e mães, patrões e sócios. Seguiram até onde foram interrompidos por congestionamentos que não se podia imaginar, contornar ou transpor. Paravam, estacionavam o carro ao lado das estradas ou os abandonavam por ali, acendiam um baseado e seguiam caminhando.

"Lá estavam os Hog Farmers e os Merry Pranksters, duas comunidades alternativas trazidas por Abbie Hoffman, o irreverente fundador e líder do *yippies*, membros do Youth International Party — o Partido Internacional da Juventude —, que recebera do festival uma contribuição de 10 mil dólares para programas de apoio aos 'politicamente oprimidos'. Hoffman começou distribuindo uns panfletos que pregavam o fim da sociedade de consumo e o boicote a todas as formas de exploração comercial da beleza, da natureza, do amor, da arte. Por onde, então, deveriam começar? Que todos sigam, imediatamente, para Woodstock, pulem, destruam as cercas e assistam sem pagar o ingresso! Mas a experiência comunitária deles serviu para a construção de abrigos e cozinhas em galpões improvisados funcionais. Um dos caras da comunidade hippie Hog Farmers, seu fundador e palhaço Wavy Gravy, foi nomeado, sabe-se lá por quê, responsável pela segurança. Desembarcou de avião no Aeroporto Kennedy, acompanhado de um bando meio maltrapilho, anunciando ser o chefe da Brigada Hippie. Recrutou um grupo de pessoas que, segundo ele, 'tinham uma aparência respeitável', deu a cada uma delas uma braçadeira de segurança e estabeleceu uma palavra como senha: 'esqueci'.

"O filme rola imagens lentas, coloridas: as pessoas vão chegando, encontram os amigos, se abraçam, as freirinhas sorriem encabuladas e a última que passa deixa para a câmera os dois dedinhos esticados para cima — paz e amor. Cercados por ônibus escolares pintados com flores e símbolos de paz e amor psicodélicos, grupos dançam, ouvem música e fazem amor sob as estrelas. Durante a madrugada, as faíscas luminosas das soldas e o martelar e serrar dos marceneiros não parou um minuto sobre o palco.

"*There's just one thing I've got to know: can you tell me who won?* [...] *Wooden ships on the water, very free, easy. Easy, you know the way it's supposed to be*" (Só de uma coisa eu preciso saber: pode me dizer quem venceu? [...] Navios de madeira na água, muito soltos, tranquilos. Tranquilo, você sabe que deve ser assim).

Wooden ships
Crosby, Stills & Nash

— As torres de som estão montadas, já é de manhã e as filas de automóveis e de gente só cresceram. As pessoas da cidade comentam a chegada da multidão jovem e pacífica. Os comerciantes estão animados, embora se note alguma tensão. Há lucros e ganho de imagem para a cidade, mas pode faltar comida. Logo aparece alguém avisando que é preciso um helicóptero porque as estradas estão um caos.

"Ken Van Loan nunca tirava o charuto do canto da boca; era o dono da Ken's Garage, em Bethel. Foi contratado para rebocar as 12 cabines de metal que fariam a venda de ingressos e o controle de acesso do festival. Só conseguiu levar duas — carros e barracas abandonados ao longo de cada estrada ou atalho impediam a passagem em toda a região. Mas, afinal, esse não seria um problema crucial para a questão dos ingressos. Quando chegou ao escritório na manhã daquela sexta-feira 15 de agosto de 1969, Michael Lang, aquele que parecia supercalmo, constatou que os bilhetes haviam desaparecido. Segundo ele, esse foi o primeiro momento em que percebeu que não faturariam nem um tostão.

"Três ônibus chegaram ao escritório de produção com mais de cem policiais contratados na polícia de Nova York, cada um por 50 dólares por dia, escolhidos a dedo entre os mais tranquilos e experientes nas ruas. Logo que desembarcaram foram recebidos por um mensageiro: 'Estiquem as pernas, entrem nos ônibus e voltem para Nova York. A polícia mudou de ideia e vai abrir um inquérito contra todos os que participarem disto'.

"Arthur Schubert era garçom do Concord Hotel e foi nomeado um dos chefes da segurança. Conseguiu que vários policiais concordassem em trabalhar com nome falso por 90 dólares por dia cada um. Na sua lista de controle, oito ou nove se chamavam Mickey Mouse. A pessoa selecionada para orientar as forças de segurança foi Ken Babbs, líder dos Merry Pranksters, que não sabia muito bem por que o escolheram, além de ser o mais experiente viajante de LSD: 'Acho que me escolheram porque eu fui fuzileiro'. Suas orientações eram poucas: 'Se virem alguém precisando de ajuda, ajudem. Se virem alguém sendo perturbado, ajudem. O resto não é problema nosso'. Os guardas perguntaram sobre o uso de drogas; a resposta era clara: 'Ah, não se preocupem com isso. Deve haver alguma droga por aí, mas vocês não conseguirão evitar'."

HIPPIES

Antônio fez apenas um gesto de incentivo, e Clarisse continuou:

— Wavy Gravy, líder da Brigada Hippie, recebia a multidão com risadas e piadas enquanto os helicópteros chegavam com os primeiros músicos. O sistema de som começava a funcionar e alguém pedia desculpas pelo barulho dos helicópteros. Joe Cocker fazia a lista do que ia cantar, Grace Slick, linda, comia uvas verdes, Janis Joplin não acreditava na multidão que estava vendo e Artie Kornfeld, um dos produtores do festival, desfilava sua alegria dopada, viajante. As primeiras imagens que se veem de cima do palco são de uma multidão compacta, colorida, por toda a colina à frente do palco, que ainda está sendo montado. Avisos orientavam sobre a qualidade do ácido lisérgico vendido por ali.

"Mas, enquanto tudo em volta de Bethel parava, enquanto ficava claro que não havia como remeter comida, como retirar feridos caso acontecesse algum acidente mais sério, que logo teriam de beber a água do lago e que as condições de higiene em breve se tornariam calamitosas, aumentavam as pressões para que o governador do estado de Nova York, Nelson Rockefeller, declarasse a cidadezinha como área de calamidade. Alguns dos organizadores achavam que poderia ser bom porque evitaria que muitos processos fossem movidos contra eles na justiça, mas também se preocupavam com a possibilidade de enviarem a Guarda Nacional e acontecer um confronto monstruoso, sabe-se lá com quantas vítimas. O governador apenas mandou reforçar o policiamento ao mesmo tempo que coisas bem impressionantes começavam a acontecer."

Clarisse tinha uma expressão entusiasmada:

— Na hora do almoço de sexta-feira começou a circular a notícia de que faltava comida em Bethel. No fim da tarde, o Centro da Comunidade Judaica de Monticello, ali perto, estava reunido, organizado e abastecido com 200 pães de fôrma, 20 quilos de frios e dois galões de picles. Enquanto isso, os helicópteros da Base Aérea de Newburgh's Stewart começavam a ser preparados para estabelecer uma ponte aérea de abastecimento de comida, água, cobertores e atendimento médico. O início dos shows estava previsto para as 4 horas da tarde, mas o congestionamento impedia que os músicos chegassem. Esse primeiro dia estava programado para a música folk, e Joan Baez seria a grande atração. Às 4 em ponto chegou o primeiro helicóptero e trazia apenas Tim Hardin, completamente chapado, e Richie Havens. Como não chegava quem substituísse Hardin, Havens apresentou uma música após a outra durante três horas sem interrupção. O último número foi um longo improviso sobre uma canção afro-americana chamada "Sometimes I feel like a motherless child" ("Às vezes me sinto como um órfão"), que ele recriou sobre o tema da liberdade: 'Freedom'.

"Quem estava perto do palco nem percebeu, e mesmo quem estava lá atrás não achou tão estranho. Foi apenas um cara que, com toda a facilidade, pulou a frágil cerca que pretendia isolar a área reservada para o festival. De repente, uma onda de gente chegou rápido, vinda lá de trás. Para quem estava em cima do palco foi uma cena impressionante: a cerca simplesmente desapareceu de repente. Não havia nada para fazer. Os organizadores se reuniram, Michael Lang puxou os sócios para o lado, fugindo da câmera. As notícias eram de que o próprio pessoal da segurança abriu a cerca quando 12 caras com jaquetas laranja tentaram recolher os ingressos de 200 mil pessoas, simplesmente andando entre elas, pedindo os ingressos e avisando que quem não tivesse um deveria ir embora. Pouco mais do que uma piada perigosa.

"No palco logo anunciaram que a partir daquele momento Woodstock era um festival inteiramente grátis. A multidão aplaudiu. Gente ainda chegava caminhando; aconteciam *performances* por todos os lados; tratores chegavam puxando carroças apinhadas de mais gente; no palco avisavam que os boatos eram falsos: não estavam vendendo veneno, mas sim ácido ruim, mal fabricado. Por todo lado gente chumbada, chapada, doida ou apenas maluquinha comprovava, mais uma vez, que as pessoas em geral, até artistas, se drogam e podem morrer de overdose, mas as drogas, da vodca ao ácido, da maconha à heroína, só produzem drogados; nunca fizeram ninguém se tornar artista."

MÚSICOS

— Bom, Antônio, agora sou eu que preciso matar a sede. Você não quer continuar daqui?

— Com o maior prazer, Clarisse. E vou começar pelos artistas menos famosos que iam se apresentando e alguns que tinham dificuldade para ser reconhecidos pela turma improvisada que controlava o acesso ao palco. Melanie Safka também não recebeu nem mesmo um crachá. Ela tinha um rostinho bonito mas desconhecido e foi barrada no palco; só subiu depois de mostrar a carteira de motorista e cantar um pouquinho. Desceu nervosa, com um terrível ataque de tosse. Foi socorrida por um chazinho trazido por uma moça simpática e suave. A única coisa que Melanie conseguiu perguntar a ela foi: "Você trouxe a sua carteira de motorista?" A moça era Joan Baez.

"O Who apresentou 24 músicas na noite do sábado, segundo dia do festival. Eles tinham acabado de lançar a ópera-rock *Tommy*, em junho, e ela estava fazendo um sucesso estrondoso. Pete Townshend não queria mais sair do palco. Exausto do trabalho na tenda médica, Abbie Hoffman, cocriador e líder do Partido Internacional da Juventude, subiu ao palco com Michael Lang. Ele tinha tomado um tablete de ácido depois do outro para se manter acordado e começou a procurar por entre as tábuas um imaginário assassino armado de faca, que estaria debaixo do palco. Lang tentava acalmá-lo e Townshend, não reconhecendo Hoffman, achou que fosse mais um maluco invadindo o palco e importunando Lang; deu com a guitarra na cabeça de Hoffman, que voltou para a tenda médica.

"O céu parecia se preparar para desabar sobre o festival nuvens daqueles filmes bíblicos, a ira do Senhor lançada sobre o planeta em forma de dilúvio. Ventanias obrigaram os organizadores a correr para cobrir o palco enquanto pediam incessantemente que as pessoas descessem das torres de som e que quem estivesse embaixo se afastasse delas. Logo estava despencando uma daquelas chuvaradas de verão. A multidão que se formara desde a véspera, comendo, bebendo, ouvindo música, fazendo amor e sabe-se lá quantas coisas mais fazia 24 horas, já juntara uma montanha de lixo, sujeira, suor, poeira e recebeu um toró de presente. Um bocado de gente resolveu que por ali mesmo, em qualquer lugar, era só tirar a roupa e deixar que a mãe natureza abrisse a ducha pesada sobre eles."

Um dos momentos mais lindos do filme é Joe Cocker cantando "With a little help from my friends", de Lennon e McCartney. Ele interpreta a música com uma combinação de rock e soul, influências de James Brown escancaradas, com orgulho nos gritos roucos, que Joe enriquece com silêncios, com pausas que colocam os ouvintes todos, quantos milhares fossem, nas suas mãos.

Parecia um alucinado fora de controle. Ele se contorcia, entortava os pés e as mãos, balançava a cabeça, os cabelos desgrenhados. Sua voz é rouca, poderosa, ao mesmo tempo doce. Eu ouvia frases soltas dentro da música — *"Well, I'm going back there for my friends"* (Bem, estou voltando para os meus amigos) —, sentindo que falavam comigo. Sempre essa mania de achar que as músicas poderiam me explicar.

Eu estava feliz por muitas razões. Como a reunião não era lá em casa, eu podia apenas sentar, relaxar, ouvir cheio de orgulho a apresentação da Clarisse e do Antônio. No meio de toda aquela gente, a sala meio escura, guitarras gemendo, Joe Cocker gritando, vi Helena me olhando.

Meu amigo logo atraiu outra vez a minha atenção:

— Os artistas improvisavam as soluções possíveis para a precariedade das condições de palco, som, segurança e conforto. Arlo Guthrie e seu pai, Woody, eram daqueles músicos folk que voltaram a ser valorizados com o sucesso de Bob Dylan. Sua versão da tradicional "Amazing grace", um hino popular americano, foi uma apoteose, uma consagração.

"As chuvas voltaram mais ou menos à meia-noite, durante a apresentação de Ravi Shankar, o músico indiano que se transformara em astro pop. O maior problema era a falta de comida. O comércio já havia vendido todo o seu estoque de mercadorias. O abastecimento ficou retido no congestionamento, e um caminhão que conseguiu se aproximar foi cercado a oito quilômetros do festival. Um garoto subiu nele e começou a atirar para fora toda a carga de pães e salsichas para cachorro-quente. Quando veio a noite, as barracas demoravam uma hora para entregar uma salsicha fria dentro de um pão de hambúrguer — tudo que ainda tinham. A chuva despencou pra valer já de madrugada. Os moços que serviam os sanduíches estavam totalmente desorientados e acharam que fosse a hora de entrar no espírito do festival: atiraram o que restava para a multidão.

"Joan Baez subiu ao palco e deu notícias de seu marido, David, preso havia duas semanas por se recusar a guerrear no Vietnã. 'Ele está bem. E nós também', ela bateu na barriguinha levemente arredondada pela gravidez recente. Cantou uma canção singela, acompanhada apenas do seu violão. Quando terminou, os aplausos não foram consagradores como se esperaria. Todos se sentiam exaustos da caminhada de quilômetros; muitos já dormiam, a fome mordia e as tempestades de verão não davam trégua.

"Agora, madrugada, todos ensopados, a terra dos campos e pastos de Max Yasgur virando lama, com poças cada vez maiores e torrentes de água pesadas invadindo barracas, arrastando sacos de dormir, mochilas, roupas, a coisa ficava séria, a brincadeira perdia a graça. Tudo estava escuro, e aquelas pessoas apertadas umas contra as outras no campo de alfafa, sem enxergar dois palmos além do nariz, nem ouvir nada mais do que trovoadas e a tormenta de água, passaram a achar que aquela tinha sido a pior ideia de todos os tempos. Com tremedeira de frio que parecia chacoalhar até os ossos e jamais terminaria, começaram a sentir saudades de casa.

CRIANÇAS NO PARAÍSO?

Aos poucos, o tom do Antônio foi se tornando solene. Clarisse, ao lado dele, assumiu uma postura mais séria também, e tudo indicava que estava por vir uma parte triste mas fundamental da história do festival de Woodstock.

— O dia amanheceu com chuva suficiente para manter tudo encharcado. O melhor era aproveitar a lama espalhada por todo lado e transformá-la em brinquedo. A descida enlameada em uma pequena estrada se transformou em uma espécie de pista, onde era só correr, se jogar no chão e escorregar até onde desse. No palco todos também estavam felizes e uma voz anunciava que a previsão era de "entretenimento intermitente com chuvas esparsas". Os organizadores contavam felizes que, somando a multidão ali com as pessoas retidas nas estradas, aquela era a segunda maior cidade do estado de Nova York. Enquanto isso, um helicóptero jogava sobre a multidão flores e roupas secas.

Enquanto o Antônio falava, a plateia começou a se agitar, rir e assobiar, porque aparecia no telão a imagem de um casal que vai para o mato, tira a roupa, deita e faz amor enquanto a câmera filma. Mas nem tudo era tão bom quanto parecia. Antônio sorriu discretamente sem chamar muita atenção para aquilo. E voltou a falar:

— A lama tinha dez centímetros de profundidade em toda a colina em frente ao palco e o cheiro era insuportável. No meio da lama havia uma massa indecifrável de lixo que misturava sacos plásticos, sacos de dormir arrebentados, roupa rasgada, guimbas de cigarro, celofane, latas de cerveja e refrigerante vazias. Uma montanha de lixo numa montanha de lama, com milhares de pessoas sentadas em cima. Aquele era o lugar principal, onde se assistia aos shows, onde a maioria dormia e de onde não se arriscava a sair para não perder o lugar. Uma multidão daquele tamanho devia ser distraída e, para isso, precisava ouvir música, o máximo de tempo possível. Mas a programação daquele sábado era de rock pesado: The Who, Jefferson Airplane, Janis Joplin, Grateful Dead, Canned Heat, Santana. Como a multidão não parava de crescer, o medo dos organizadores era que ela se descontrolasse com toda aquela música alta e ruidosa. Isso seria, sem nenhuma dúvida, sinônimo de tragédia. O público não podia nem se chatear nem se agitar. A solução possível foi pedir a cada grupo que tocasse o dobro do tempo. Olhando de perto, coisas terríveis estavam acontecendo.

"No cume da colina, um trator passava rebocando um tanque com os dejetos dos banheiros portáteis. Só se enxergava a tal mistura de lixo e lama. Mas, afundado até a cabeça debaixo do seu cobertor, dormia Raymond Mizak, 17 anos. Morreu esmagado e, provavelmente, não sentiu nada. Ele ainda foi levado para uma ambulância, até chamaram um helicóptero, mas já estava morto. Outro garoto morreu de overdose de heroína.

"O festival tinha um diretor médico, o doutor William Abruzzi, que planejara uma turma adicional de enfermeiras para a noite de sábado, mas a de sexta-feira já se tornava um caos. A ajuda do Exército era inestimável e já haviam levado 45 médicos, além dos medicamentos disponíveis. Um helicóptero do município de Orange estava pronto para transportar todas as enfermeiras dispostas a enfrentar um voo turbulento e uma multidão encharcada, que consumia todo tipo de droga e era atendida em barracas mal equipadas e mal abastecidas. O pagamento de 50 dólares por dia atraiu algumas profissionais, que receberam um treinamento muito rápido para atender as viagens de ácido, que se transformavam em pesadelo. O tratamento indicado pelos médicos era a cloropromazina, droga antipsicótica, mas os experientes viajantes de ácido da Hog Farmers avisavam que ela provocava na maior parte das pessoas uma reação imediata que as deixava abobalhadas, apavoradas, precisando de terapias que podiam levar anos. Era o que se chamava 'fritar', como se a viagem não terminasse nunca. A alternativa era sacudir com firmeza os pacientes, falando terna, calmamente com eles. Tinha sucesso em quase 100% dos casos. Os mais difíceis eram os que as enfermeiras logo reconheciam como 'infestações psíquicas', aqueles que se debatiam, esfregavam o corpo aos gritos de 'aranhas!', 'escorpiões!'

"O atendimento médico era feito sob uma lona de circo dividida em três para atender os casos frequentes: uma parte para os drogados; outra para o acidente mais comum durante o festival, os cortes nos pés provocados por garrafas quebradas e pelos lacres das latas de bebida; a terceira cuidava de um caso típico de Woodstock, a queimadura da retina de quem tomava ácido e deitava de olhos abertos para o sol. Chegavam aos punhados de uma vez. Havia outro problema para o qual não existia preparo: crianças perdidas. Aconteceram dezenas de ocorrências, algumas que duraram até bem depois do fim do festival. Grupos de amigos, casais de namorados, um bocado de gente também se separou, se perdeu na multidão e só foi se reencontrar em casa, dias depois. Muitas pessoas ficaram por lá, sem transporte e sem dinheiro, dependendo da carona e da ajuda de uma multidão de gente que também não tinha muito para oferecer."

DEVE CONTINUAR

— O show continua, sempre: essa é a regra. Os problemas de som do Grateful Dead foram tão terríveis que muita gente achou que os músicos estavam experimentais demais. Alguns consideraram os ruídos uma sacada genial, uma nova vanguarda no rock.

"Carlos Santana tinha sido um menino prodígio popular, tocando pelas ruas de Tijuana o violino que aprendera com o pai, um músico *mariachi.* Ele criou outro rock and roll, até hoje nas paradas de sucesso, fazendo a percussão africana e latina funcionar bem com uma base de blues e rock, criando uma sonoridade característica dele, um 'som Santana', marcado por ritmos furiosos produzidos por bateria, congas, maracas, o diabo. Isso já faria dele um dos maiores, mas ele também era um prodígio da guitarra, o que se chama de virtuose, um instrumentista perfeito. Como se não bastasse, Santana reuniu na sua banda os melhores músicos que pôde encontrar: José Areas, o 'Chepito', nos timbales; Mike Carabello, nas congas, e o baterista Michael Shrieve.

"O solo de guitarra de Santana foi um dos acontecimentos mais espetaculares de todo o festival. Ele é um dos raríssimos músicos que conseguiram ser aclamados por todos, ao mesmo tempo que vendem milhões de exemplares e ganham discos de ouro e de platina. Encontramos uma frase dele que explica a sua busca e poderia ter inspirado o nome da nossa Confraria: 'Eu acredito que a música cria pontes para que os povos possam ter mais confiança e esperança na humanidade'."

Era impressionante como todos permaneciam atentos, interessados, depois de umas três horas de filme e conversa. O Sérgio, a Helena e a Maria começaram a servir sanduíches e sucos. Todos ouviam meio estarrecidos o Santana tocar. Outra vez Helena estava olhando para mim e, quando se viu flagrada, sorriu, fez um sinal de positivo com o polegar, me mandou um beijo. Clarisse não ia deixar o palco todo para o Antônio.

— Agora é a minha vez! Estou com ciúmes desse sucesso todo do Santana e do Antônio. É... Também quero provocar uns aplausos assim. Não, só pra me agradar não adianta! Não se preocupem porque eu já sei como. Uma menina subiu ao palco descalça, com uma bata comprida, calça bem larga. Estou vendo que ninguém aqui sabe o que é bata. Muito bem, são umas túnicas indianas compridas, coloridas, feitas de algodão. Linda com seus longos cabelos, ela queria saber como estavam todos, se tinham água para beber, um lugar para dormir. Essa moça com jeito de menina vinha de uma cidade do litoral do Texas onde só havia refinarias de petróleo. E ela. Por isso saiu de lá e foi indo até São Francisco, onde existia gente capaz de reconhecer que uma voz como a dela, toda aquela garra, crueza e doçura, aquela loucura e aquela rouquidão, todo aquele bom gosto musical e dramático, não aparece em qualquer esquina.

"Ela começou em um grupo chamado Big Brother and the Holding Company, uma banda de rock psicodélico das melhores. Não tinha medo de se transtornar diante do microfone, de ficar feia, de se esquecer de ser bonita, porque naquele instante, ali, precisava virar um instrumento delirando quanta música pudesse. Porque toda música lhe interessava. Ela era roqueira e blueseira, era cantora de jazz e de soul, como também de folk e spirituals. No festival de Woodstock, mostrou o que se tornara em tão pouco tempo e quanto estava por vir naquele 1969, quando lançou o seu primeiro disco solo, com sua banda maravilhosa, a Kozmic Blues Band. O grupo que ela reuniu depois, o canadense Full Tilt Boogie, era ainda mais fantástico. Se fechou no estúdio com ele e gravou nove músicas, deixando a parte instrumental da décima faixa prontinha para receber sua voz no dia seguinte — uma música muito estranha para ser gravada naquele 4 de outubro de 1970: 'Buried alive in the blues' ('Enterrada viva no blues'). Naquela manhã, foi encontrada morta no seu quarto de hotel em Hollywood, na Califórnia: overdose de heroína. O disco, chamado *Pearl* (Pérola), que era o apelido dela, saiu com as nove canções e a faixa instrumental. A moça tinha 27 anos. Qual era o nome dela?"

PAIXÃO

— Janis Joplin!

Gritamos juntos o nome. Antônio assobiava e batia palmas, todo orgulhoso, e levantou Clarisse no colo, rodopiando, enquanto a turma não parava de aplaudir. Janis Joplin aparece no filme rindo, brilhos coloridos fora de foco, pés descalços, como Clarisse contou. Ela se transforma; fecha os olhos, abre a boca em todas as direções que os sons têm na cabeça. Só quer cantar, só quer ser esse instrumento maravilhoso arranhando notas, arredondando, suavizando, gritando o grito mais impressionante, outro que fica guardado na boca, que só se anuncia e não vem. Fico olhando para ela e sinto que alguma coisa se rompeu dentro de mim. Queria que ela abrisse os olhos e me visse aqui, fora do palco do Woodstock, fora da tela, no futuro que ela nunca conheceu. Queria que me visse e falasse comigo, queria tocar seu rosto redondo, suas mãos. Queria abraçá-la e deitar minha cabeça sobre o seu ombro, esconder meu rosto dentro dos seus cabelos e dizer baixinho "canta para mim". A banda para de tocar, Janis canta sozinha, um longo improviso, e a imagem é dos olhinhos fechados, as longas mangas esvoaçando, os aplausos enquanto ela rodopia de braços abertos. Sua última nota é frágil e delicada, sonora, sem mais nada que a beleza pura dessa última nota. Ela devia ser tão triste; devia ser tão louca. Ela sussurra sua última nota para mim, como se dissesse: "Leo, aprenda. Nem sempre o belo é bonito. E o bonito, Leo, quase nunca é belo".

Fritei. Pronto, fritei. Nem tomei ácido, nem fumei maconha, não consumi nada que não fosse guaraná e sanduíche, e estou vendo Janis Joplin me olhando, e estou ouvindo Janis Joplin falando comigo. E estou querendo ir até ela, e a quero agora aqui comigo. Fritei. Enlouqueci. Estou apaixonado por uma mulher que era 12 anos mais velha do que eu quando morreu, quase 20 anos atrás, eu nem era nascido. Estou apaixonado por essa imagem que roda na tela, que canta e sorri, um anjo que brilha colorido. Mesmo morta, mesmo desfeita de si mesma naquele quarto de hotel na Califórnia, em 4 de outubro de 1970. Talvez, se eu a amasse muito, se inventasse um amor que nunca existiu antes, um amor de amantes separados por leis injustas e irrevogáveis, um amor de impossíveis, será que eu não poderia ressuscitá-la? O amor, isso que não conheço, não terá o poder de fazer milagres, de inventar uma nota tão perfeita como aquela que ela deixou suspensa sobre o tempo e sobre a morte para trazê-la para mim, através do tempo e da morte? De repente me dou conta de que a sala inteira está rindo, uma porção de gargalhadas, e demoro dois instantes de pânico para me dar conta de que não era de mim. Antônio está em pé ao lado da tela, sorrindo. E eu fritei.

— É verdade! Janis Joplin esteve no Rio e cantou em Copacabana no meio da madrugada. Existem muitas histórias e mitos em torno dela. Um muito conhecido é o do cara em Woodstock, um tal de Andrew, que se apaixonou por Janis logo que ela subiu ao palco. Ele tinha certeza de que era correspondido e viveriam felizes para sempre. Conseguiu subir no palco e, no primeiro metro que caminhou, foi impedido por 40 caras pulando sobre ele. Parece que isso acontecia o tempo todo porque ela era pura paixão: "Estar no palco é como fazer amor com umas 25 mil pessoas ao mesmo tempo". Mas a frase mais bonita que recolhemos é esta: "Quando estou lá não estou aqui. Não posso falar do meu canto porque estou dentro dele. Como descrever uma coisa estando dentro dela?"

Fiquei aliviado de ouvir as histórias do Antônio. Eu não tinha fritado — era só mais um idiota. Mais um com alguma coisa quebrada por dentro. Meu amigo continuava.

CAFÉ DA MANHÃ

— Logo de manhã, o pirado do Wavy Gravy estava no palco anunciando "café na cama para 400 mil". E perguntava: "Isto não é o paraíso?" Um baixinho de cavanhaque, terno e gravata faz um toque de alvorada no trompete. O negócio era alimentar aquela massa de gente faminta e exausta, além de fazer tudo para evitar qualquer possibilidade de revolta. As filas se formavam nas tendas para ganhar um mingau de aveia com alguns amendoins para dar um gostinho. Os voluntários enfiavam a concha em uma panela e batiam com toda a força no prato de papel para a maçaroca despregar. Mas matava a fome. Ao meio-dia, a insolação se tornara a maior preocupação. No meio da tarde voltou a chover.

"As atrações do dia prometiam manter a multidão acesa — The Band; Joe Cocker; Crosby, Stills, Nash & Young; Ten Years After; Johnny Winter, e Jimi Hendrix. A banda pioneira do heavy metal, Iron Butterfly, estava programada, mas corria o medo de ela incendiar o público. Os organizadores contam que enviaram um telegrama ao Aeroporto LaGuardia, em Nova York, cujos termos induziam a banda a desistir da ideia. Mas Lee Dorman, baixista do Iron Butterfly, conta que os promotores prometeram enviar um helicóptero, que nunca chegou.

"'Lago do Leon' era o apelido do Lago Filippini por causa de Ben Leon, um cara bacana de 90 anos que alugava botes a remo para passeios e pequenas pescarias. Do outro lado da estrada ficava a casa e a varanda de onde ele não saiu durante aquele fim de semana em que não alugou os barcos. Mas havia aquele bando de meninos e meninas pelados tomando banho logo ali, com todos os detalhes expostos ao poderoso, gigantesco binóculo de marinha. Leon nem se importava mais que ninguém acreditasse que ele estava vigiando os seus botes por causa daquele sorriso que não lhe saía da cara e das risadinhas, que não fazia nenhuma questão de disfarçar. Ben Leon morreu dez dias depois de Woodstock, e no velório todos puderam ver que, mesmo depois de morto, ele ainda tinha o mesmo sorriso indisfarçável e satisfeito.

"Uma das histórias de que eu mais gosto está no filme. Um sujeito forte, de meia-idade, bonachão e incrivelmente bem-humorado para quem está naquele serviço bate nas portas dos banheiros químicos chamados de Port-O-San até encontrar um deles vazio. Seu trabalho é enfiar a mangueira que vem do caminhão dentro das privadas para limpar toda aquela imundície. Depois ele abastece os toaletes com papel higiênico, aquelas barrinhas contra mau cheiro e despeja baldes de desinfetante. Alguém o elogia pelo trabalho, ele sorri para a câmera e agradece: 'Estou feliz de fazer isto para os garotos. Um dos meus está aí e o outro está no Vietnã pilotando helicópteros'. Em seguida, um sujeito com cara de maluco sai de dentro do banheiro com um cachimbinho na boca, oferece para a equipe de filmagem, sorri e responde se o serviço é bom: 'É melhor do que a floresta'. Quer saber o que estão filmando, qual o nome do filme e fica meio decepcionado com a resposta: 'Port-O-San'.

"Logo vem um momento histórico. Alguns acharam que aquela fosse só uma multidão de gente suja, obscena e drogada ouvindo aquela porcaria de música e que as autoridades deveriam ser mais rigorosas com eles. Outros estavam impressionados com a gentileza da garotada, a calma deles mesmo diante das piores situações. Outros, ainda, pensavam que fosse melhor aquela rapaziada estar ali do que morrendo na guerra. Até que Max Yasgur sobe ao palco para dirigir a todos uma mensagem. Levanta o braço esquerdo e saúda a multidão com dois dedos em V, de paz e amor, e é ovacionado. 'Sou fazendeiro e não sei falar para 20 pessoas de uma vez, muito menos para uma multidão como esta. Mas eu acho que vocês provaram alguma coisa para o mundo — não apenas para a cidade de Bethel, para o município de Sullivan ou para o estado de Nova York, mas para o mundo. Esse foi o maior grupo de pessoas já reunido em um só lugar. Não imaginávamos que viesse uma multidão deste tamanho e, por causa disso, vocês tiveram alguns inconvenientes, até com a água e a comida. Os produtores fizeram um trabalho gigantesco para cuidar disso, e acho que eles gostariam de um agradecimento. Mas, acima de tudo, o que vocês provaram ao mundo é que meio milhão de garotos podem se reunir e ter três dias de alegria e música e nada além de alegria e música. E eu peço a Deus que os abençoe por isso'.

"Elliot Tiber, o dono do Hotel El Monaco, foi encurralado por uma motocicleta dirigida por um sujeito estranho com uma mulher grávida na garupa gritando como louca. O bebê estava nascendo e o hippie acreditava que o único ali que não estava chapado e poderia ajudá-los fosse Elliot, que realmente tomou todas as providências. Enquanto o helicóptero do Exército se afastava levando a mãe e a criança com os médicos,

Elliot se deu conta de que não sabia nada sobre o casal, além da provável origem francesa da mãe, por causa do sotaque.

"O chefe de polícia Cannock foi chamado para acompanhar o pai de Raymond Mizak, que chegou na noite de domingo para buscar o corpo do filho. O pai tinha proibido Raymond de ir ao festival e agora estava arrependido de não tê-lo trancado em casa.

"O Hospital Horton Memorial chamou Cannock para registrar a morte de um rapaz em torno dos 25 anos, vítima de overdose de heroína.

"Na clínica montada em uma escola fechada para as férias, a enfermeira Gladys Berens registrou três partos, todos bem-sucedidos.

"Ainda no domingo, um fuzileiro naval de 18 anos que sobreviveu à Guerra do Vietnã morreu também de overdose, a terceira morte durante o festival.

"Como a chuva apertou ao longo do domingo, muitos começaram a ir embora à noite. Mas havia gente chegando. Um negro alto foi visto caminhando por ali, olhando e falando com algumas garotas; entrou na tenda de atendimento médico, descansou meia hora em uma maca e, quando começou a ser reconhecido, levantou-se e saiu. Ele tinha nascido em uma família pobre e fora criado por tios e tias em um lugar que, no Brasil, chamamos de favela. Quase não estudou e criou problemas desde a puberdade. Suas mãos imensas e ferozmente ágeis realizavam vibratos inimagináveis. Sua forma de afinar o instrumento foi inventada por ele e possibilitou uma integração inédita com os instrumentos de sopro. Ele esteve sempre interessado em todos os gêneros musicais, adorava jazz e os clássicos de todas as épocas, mas seu preferido era Wagner. Sofreu demais por causa de empresários que não admitiam experimentação musical, e seu desejo ardente de trabalhar o fez assinar contratos cedendo toda a sua obra futura a bandidos disfarçados de produtores. Foi obrigado a repetir centenas de vezes os mesmos malabarismos no palco com seu instrumento. Apresentou-se ou gravou durante todas as noites de seus últimos quatro anos de vida, sem nenhum descanso. Perfeccionista, ele levava horas afinando e nunca parava de estudar. Jimi Hendrix chegava para encerrar o festival de Woodstock.

"Hendrix começou a tocar de manhã tão cedo que havia gente preferindo que ele parasse, para poder dormir um pouco mais. A multidão tinha sumido da frente do palco. Embora fosse Hendrix quem se apresentava, apenas uns poucos ficaram, talvez nem 1% dos que estiveram ali horas antes. Fome, cansaço, chuva, um pouco de tudo os levou embora. Ele entrou no palco descontraído, sorridente, carregando sua guitarra branca; foi até o microfone para brincar com a turma: 'Estou vendo que nos encontramos de novo'."

Antônio e Clarisse deixaram o filme rolar para podermos assistir à incrível apresentação de Hendrix. Como sempre, ele se contorce, dança, abre a boca como se cantasse as notas que saem da sua guitarra. Sua música é muito impressionante, cheia de ruídos e efeitos, como se ele quisesse fazê-la com mais do que melodias, ritmos e acordes, mas também com as sonoridades estranhíssimas que pudesse inventar, que conseguisse descobrir ali mesmo, diante de todos, com os gritos e distorções da sua guitarra. Ele emenda uma música na outra e logo está tocando "Star-Spangled Banner", o hino nacional dos Estados Unidos, um dos momentos mais famosos da sua carreira, do festival e do filme. A banda parou, Hendrix tocou sozinho, interrompendo o hino com longos, distorcidos, ruidosos improvisos, o início do toque de silêncio, como se o hino não pudesse mais ser tocado como sempre fora, como se a sua ordem e todas as suas certezas estivessem desafinadas e embaralhadas. A plateia aplaude, uma virada da bateria e outra vez rock and roll. "Purple haze " é a música seguinte.

Enquanto Hendrix faz um daqueles maravilhosos solos, as cenas são cada vez mais tristes. Onde havia aquela linda e colorida multidão agora só há lixo, trapos e lama. Ele está quase quieto, os olhos fechados, os dedos velozes. Uma menina solitária passeia por ali sob um imundo guarda-chuva colorido.

Hendrix inventa uma música só sua, sofisticada e roqueira, dedilhada e distorcida.

Um cara descansa as muletas e escava com as pontas dos dedos um resto de melancia. Um companheiro empresta-lhe um canivete.

Hendrix está sério e compenetrado; olha devagar a sua banda.

Algumas pessoas arrastam sacos plásticos enormes, que vão enchendo com roupas, cobertores, papel, latas amassadas. Um casal tenta calçar um velho par de tênis abandonado por ali.

Hendrix acaba sua apresentação tranquilo, quase triste. Agradece, tira a guitarra do pescoço e sai do palco.

Johnny Allen Hendrix nasceu em Seattle, estado de Washington, no dia 27 de novembro de 1942, e quatro anos depois foi rebatizado de James Marshall Hendrix. Aos 16 anos, ganhou sua primeira guitarra. Jimi consumiu anfetaminas à noite e depois, com insônia, lhe deram remédio para dormir. Morreu afogado no próprio vômito enquanto dormia no Hotel Samarkand, em Londres, em 18 de setembro de 1970. Tinha 27 anos.

VOLTAR PARA CASA

Depois de muitos aplausos, assobios e gritaria, Clarisse retomou as histórias.

— Queria contar um pouco sobre o que aconteceu a seguir. Woodstock não iniciou nada; ao contrário, encerrou uma era. O grande festival depois dele foi o do Autódromo Altamont, na Califórnia, em dezembro de 1969. A segurança ficou a cargo dos Hells Angels, clube de motoqueiros famoso por sua união e violência. Quatro jovens morreram: dois por atropelamento, um por afogamento e outro por espancamento e facadas, dadas por um integrante daquele clube nas costas de um jovem negro armado. Ele foi absolvido por "legítima defesa".

"No início dos anos 1970, os movimentos alternativos foram se dispersando, as comunidades se desfazendo, os hippies se resumiam a uns poucos grupos de gente maltratada, com cara de faminta, que vendia artesanato nas praias, nas praças, onde pudessem se misturar aos vendedores de bugigangas.

"No governo do presidente Richard Nixon, com a ajuda do seu secretário de Estado, Henry Kissinger, a Guerra do Vietnã só piorou, até que um tratado firmado em Paris pôs fim ao conflito e permitiu a volta dos soldados para casa. No Camboja, que Nixon quase varreu do mapa com bombardeios, o Khmer Vermelho assumiu o poder e dizimou mais de um milhão de pessoas.

"Max Yasgur morreu de ataque cardíaco em 1973 e a sua viúva vendeu a fazenda, que continua sendo pasto para gado de leite.

"Os promotores do festival tinham agora uma montanha de problemas e de dívidas pela frente. Os orçamentos estouraram, equipes foram contratadas por muito mais tempo do que o necessário, Lang alugou uma esquadrilha de helicópteros e gastou três vezes o que podia. Quando tudo já havia terminado, eles gastaram outros 100 mil dólares para limpar o lugar. Uma das barbaridades foi contratar um trator para abrir um buraco, empurrar toneladas de lixo para dentro e pôr fogo. O lixo queimou durante dias e a prefeitura de

Bethel moveu contra os produtores mais uma das muitas ações que eles já enfrentavam. Mas depois os promotores recuperaram todo o prejuízo, e Kornfeld e Lang continuaram no mundo dos espetáculos com grande sucesso.

"Os números são impressionantes. Três pessoas morreram durante o festival — duas por overdose e Raymond Mizak, no terrível acidente com o trator. Três bebês nasceram e oito partos tiveram início ali e terminaram em hospitais próximos. Os promotores foram condenados a restituir o valor do ingresso de 18 mil pessoas que não chegaram ao festival por causa dos congestionamentos.

"Os cofres usados em Woodstock tinham sido alugados de Al Kross, que os vendeu em 1981 a Norman Karp, um sujeito que encontrou em sua casa 31 ingressos não utilizados e pretendia vendê-los. Dentro dos cofres ele achou os 150 mil ingressos desaparecidos no dia da abertura do festival, além do contrato original de Jimi Hendrix, um monte de roupas e outras mercadorias. Começou oferecendo cada ingresso por pouco menos de 30 dólares e interrompe as vendas de tempos em tempos para valorizar seu tesouro. Já ganhou mais de 1 milhão de dólares até agora.

"Durante anos ninguém se lembrou de comemorar o que acontecera lá. Desde que o festival completou dez anos, todo mês de agosto aparecem algumas pessoas que rondam o lugar, caminham pelos pastos de madrugada fumando um baseado, colocam o som dos carros um pouco mais alto para ouvir aquelas canções. Em 1984, 15 anos depois do festival, fizeram um pequeno monumento de concreto com uma placa de metal por cima e o local passou a ser visitado. Duas placas colocadas antes foram roubadas. Eu já ia esquecendo de dizer que *hip*, que deu origem a *hippie*, significa "alguém que gosta de novidades e procura os avanços da modernidade". Está no dicionário.

"Nos últimos anos, a população de Bethel começou a ficar incomodada com o aumento de visitantes, que chegam em agosto e acampam por ali. Há pouco tempo houve uma pequena cerimônia em que várias pessoas começaram a caminhar pelo pasto cantando e espalhando cinzas por toda parte; alguém teve como último desejo que seus restos mortais, depois de cremados, fossem espalhados pelos campos sagrados de Woodstock. Peregrinos eram encontrados ao pôr do sol em segunda lua de mel onde antes fora a plantação de alfafa de Max Yazgur. Não é raro ter de chamar a polícia para tirar pessoas que decidem matar as saudades de nadar nuas no Lago Filippini. Para afastar curiosos, as providências variam entre arar todo o terreno, cavar um fosso e até espalhar esterco de galinha."

TANTA MÚSICA

Woodstock acabou. As cenas agora são de um helicóptero sobrevoando aquela multidão inesquecível que estivera ali enlouquecida, delirante, feliz, durante três dias de paz e de música. Quando apareceu outra vez o celeiro vermelho do início do filme e as guitarras de Crosby, Stills, Nash & Young começaram a gemer, todo mundo na sala levantou e começou a dançar e aplaudir. Quando acabou, as luzes se acenderam, e Antônio e Clarisse estavam lá na frente para comandar o espetáculo.

— É isso. Nós queremos convidar todo mundo para ficar e dançar. Agora são 9 e meia da noite, estamos aqui faz horas, mas o que é isso diante daqueles três dias? Ainda há um bocado de comida preparada pelo meu pai e temos uma seleção de discos incríveis para dançar. Nós achamos que o filme não animaria muito e pedimos que dona Helena fizesse uma seleção especial de nostalgia dos anos 1950 para nós. Bom, agora é com ela. Dona Helena...

Ela tentou recusar, balançou as mãos em negativa, mas, quando Antônio e Clarisse foram até ela, Helena se levantou com dificuldade. Ela me olhou, arregalou os olhos e deu um meio-sorriso. Helena encabulada era coisa raríssima.

— Obrigada, Clarisse e Antônio, Sérgio, obrigada a todos vocês e especialmente ao meu neto Leo, por dividir comigo amigos tão maravilhosos.

A sala se levantou em aplausos e assobios, batidas ritmadas dos pés no chão. Ela estava encabulada, esfregava as mãos, sempre procurando a mim e a Maria com o olhar.

— Estou muito orgulhosa de ser a madrinha da Confraria da Ponte, que eu espero dure para sempre. Hoje ela reuniu três gerações. Meu marido está sendo lembrado no símbolo que vocês escolheram, e eu estou aqui, uma velha roqueira. Meu filho contribuiu com os discos que colecionou e o Leo conseguiu compartilhar com os amigos. Antônio, Clarisse, Felipe, Alice, Carolina, Laurinha, Pedro, todos vocês, nós todos, estamos aqui para partilhar o que sabemos, para aprender o que não sabemos, para ouvir música e para estar juntos. Enquanto eu ouvia tudo, fiquei pensando em quantas coisas tristes, trágicas, engraçadas podemos conhecer ouvindo música. Acho que há a música de ouvir, a música de cantar, como há a música de tocar, para quem sabe tocar, e tantas músicas que não acabam. Mas a que ouvimos hoje aqui é uma música da qual quase nunca nos lembramos. Essa música que nos aproximou do mundo, que nos levou no tempo, que nos mostrou tanta gente, tantas ideias e sentimentos, é a mais importante de todas, a menos egoísta, a mais generosa, que não acaba nela mesma e nos leva para a humanidade de onde vem toda música. Essa é a música de descobrir. Nunca se esqueçam dela para poderem sempre descobrir mais e compreender melhor o mundo. Já falei além da conta. Vou deixar vocês com o Antônio e aquela pilha de discos que escolhemos juntos com esta outra música tão maravilhosa: música para dançar!

Aplausos, assobios, mais de 200 pés batendo no chão. Nas caixas, interrompendo os aplausos, fazendo todo mundo pular das cadeiras, uma voz conhecida chamava: “*One, two, three o’clock, four o’clock, rock. Five, six, seven o’clock, eight o’clock, rock. Nine, ten, eleven o’clock, twelve o’clock, rock. We’re gonna rock around the clock tonight*” (Uma, duas, três horas, quatro horas, rock. Cinco, seis, sete horas, oito horas, rock. Nove, dez, onze horas, doze horas, rock. Vamos virar a noite balançando).

(We’re gonna) Rock around the clock
Bill Haley and His Comets

Sérgio levou Helena ao meio do salão para tentar mostrar como se dançava o rock, o tradicional, dos anos 1950, apesar do encabulamento dos dois, mesmo sendo ele um típico representante da geração dos anos 1960, ouvinte privilegiado de Chico e Caetano, da Tropicália, dos festivais universitários, além de apaixonado pelo jazz. Todo mundo aplaudiu e logo estávamos dançando. Bill Haley and his Comets, Elvis Presley, Chuck Berry, Ritchie Valens, Chubby Checker, Fats Domino, James Brown, Little Richard, The Temptations, The Platters, The Byrds, John Lee Hooker, tantos cantores, autores, bandas que quase não conhecíamos. Planejávamos convencer a Helena para preparar uma apresentação sobre eles. De vez em quando alguém fazia tocar Simon & Garfunkel, Elton John, The Mamas and the Papas, só para acalmar, deixar chegar pertinho. Fui até a Maria e a tirei para dançar; ela só segurou as minhas mãos e balançou um pouquinho para cá e para lá. Helena chegou de braços dados com o Sérgio.

— É, Sérgio... Acho que não sou mais a mesma roqueira. Esses nossos meninos não são o máximo?

— São sim. Acho que essa Confraria da Ponte vai longe!

— Ela vai, mas eu vou é embora porque ainda tenho alguns quarteirões pela frente.

— Eu levo a senhora e a dona Maria de carro.

— Não, obrigada, Sérgio. Eu prefiro ir andando porque quero sentir esse gostinho de noite. Lembranças, Sérgio, lembranças...

— Eu vou com vocês...

— Não vai não, Leo. Fique com seus amigos e quando chegar em casa vá me dar um beijo.

VISÃO

Sérgio e eu voltamos comentando como Antônio e Clarisse tinham se saído bem. Peguei um sanduíche e fiquei parado ao lado da mesa vendo a turma dançar. De repente, do outro lado, de olhos para o chão e balançando lentamente a longa cabeleira, eu a vi, ali, vagando displicente, descalça. Atravessei o salão pelo meio, como se não houvesse cem pessoas dançando no caminho. Quando cheguei, ela estava na varanda olhando para a rua. Fui caminhando bem devagar, com medo de que fosse uma miragem, uma alucinação que se desmancharia quando eu me aproximasse. Chego bem perto dela e diminuo a velocidade dos meus passos porque ela ainda está ali, cada vez mais próxima, quase já posso tocá-la. Meu medo vai virando pânico, agora é um suor frio, porque se ela se virar vai dar de cara comigo aqui, segurando metade de um sanduíche meio esmagado, suando em bicas, pálido, trêmulo. Tenho de dizer alguma coisa. Ou dar meia-volta e sair bem devagar para ela não ouvir e nunca saber que eu estive aqui.

— Quem é você?

Ela falou comigo! E em português!

— Leo.

— Não, eu sei que você é o Leo. Quero saber hoje, aqui na festa. Eu sou Janis Joplin.

— Eu sei... Você está idêntica a ela...

— Eu sou ela! Quem é você?

— Eu sou... O piloto do helicóptero!

— Leo, o piloto do helicóptero. E para onde você vai me levar desta vez?

— Bom... O que você acha de Praga?

SONHO

— Helena... Você está dormindo?

— Estava...

— Caramba, me desculpe. Eu só queria avisar que cheguei.

— Boboca, venha cá um pouquinho; deite aqui ao lado da vovó.

Que história é essa? Nem me lembro da última vez que eu a chamei de vovó. Mas ela sabe que foi quando meu avô morreu. Ele era a única pessoa que a tratava assim. Ela gostava, achava espontâneo, mesmo sentindo uma certa pena.

— Pena por quê?

— Acho que a gente deve ter uma avó, vovó, vó, alguém pra chamar assim.

— Eu tenho uma avó. A mãe da minha mãe, aquela coisa que você conhece, ela é minha avó. Nossa festa foi o máximo, não foi?

— Eu achei. A velha roqueira aqui até deu uma dançadinha com o Sérgio, com o Antônio, o Felipe, tantos rapazes bonitos! Por falar nisso, você nem imagina o sonho que eu tive.

— Como foi? Agora vai ter que contar!

— Sonhei com um lugar bonito, um lago, um rio, não sei bem. Tinha muitas árvores em volta, mas era uma paisagem muito estranha, como se lugares bem diferentes em que eu morei de repente se juntassem em um só, com jardins ingleses e japoneses, mas com árvores tropicais, com bambuzais, flores coloridas, um sol de primavera carioca junto a nuvens cinzentas, carregadas de chuva, como na Índia na época das monções. Até que eu ouvi a voz do seu avô me chamando. Fui caminhando, seguindo a voz, até encontrar um lugar onde havia uma ponte como essa do nosso jardim. Ele estava do outro lado, sorrindo, aquele jeito de pôr as mãos nas costas, segurando os rins. E ele me disse: "Viu que linda a ponte, Helena? Construí para você!" E aí eu acordei com você falando comigo.

— Eu também estou acordando de um sonho...

— Peraí. Deixa ver se adivinho. Você conheceu uma menina!

Helena fez aquela cara marota e me obrigou a contar tudo com detalhes.

— Uma história maluca, Helena. Uma daquelas que a gente acha que só acontecem nos livros e nos filmes até sermos atropelados por uma delas ali na esquina. Quando vimos o filme, achei a Janis Joplin linda, aqueles cabelos, o colorido. Foi engraçada aquela história de uns malucos que se apaixonaram por ela, porque senti exatamente isso! Imaginei que eu a amaria tanto, tanto, que faria ela voltar da morte! E aí, quando eu subi com o Sérgio depois de levar vocês até a portaria, eu vi a Janis cruzar o outro lado do salão. Corri para lá, mas não a encontrei. Então eu a vi lá fora, no terraço, e fui falar com ela quase passando mal de tanta aflição. Helena, era a menina mais linda que existe! No mundo inteiro! Ela é prima de uma colega nossa do colégio e adora rock, é fã da Janis Joplin porque se parece muito com ela e resolveu ir à festa vestida com umas roupas quase iguais às que a Janis usa no filme. Conversamos durante um tempão, falamos como se nos conhecêssemos fazia tempo. E ela é tão linda, Helena!

— E aí?

— Aí foi isso.

— Você acha que eu nasci hoje de manhã, Leo? O que mais aconteceu?

— Você está querendo saber demais.

— Pronto, acabei de saber de tudo.

— Tudo o quê?

— Tudo, Leo. Que vocês conversaram, que um não tirava o olho do olhar do outro, querendo que aquele momento não terminasse nunca, e aí vocês se beijaram.

— Para, Helena! Que coisa!

— É, que coisa. Não quer contar, eu adivinho! E vocês vão se ver outra vez?

— Vamos, amanhã no final da tarde.

— Que bom, Leo. Aproveite bastante esse momento porque ele é maravilhoso. Agora vamos dormir?

— Helena, eu não queria que esta noite terminasse.

— Queria sim, Leo. Se não terminar, como vai chegar logo o final da tarde de amanhã? As coisas têm de terminar para que outras coisas aconteçam. E é muito bom que seja assim. Vamos dormir logo porque eu quero ver se volto para aquele sonho e ainda pego seu avô bonitão lá do outro lado da ponte.

A MATÉRIA DO SILÊNCIO

Quando acordei era muito tarde. Estranhei o silêncio da casa. Quando fui lavar o rosto, olhei a pia e lembrei do meu grito dentro d'água, a raiva com a partida dos meus pais. De repente senti um arrepio, algo que, não sei de que parte de mim, mandava um aviso de que alguma coisa estava errada, mesmo sem dizer o quê — como um bicho que recebe uma ordem de correr ainda sem saber quem o espreita, quem o caça. Onde estavam os ruídos da casa? Onde estavam a voz da Maria e a da Helena?

Desci as escadas e encontrei a Maria sentada na cozinha, mexendo as mãos, tensa e silenciosa. Minha avó ainda não tinha descido. A Maria já tinha batido na porta, sabia que Helena ainda estava na cama. Chamou e ela não respondeu. Seu olhar não sabia se me pedia para ir até lá ou se me segurava ali ao seu lado. Subi as escadas naturalmente, confiante, o homem da casa, e percebi que a Maria me seguia. Bati de leve na porta com o nó do dedo. Chamei baixinho seu nome, o ouvido encostado na porta, vontade de entrar, medo de entrar mesmo sem saber por quê. Abri a porta, de uma vez.

Helena estava deitada na mesma posição em que eu a deixara de madrugada; não de lado, como sempre. O braço direito pousado sobre o peito, o esquerdo esticado, exatamente onde eu me deitara e para onde sua cabeça pendia. Chamei por ela.

— Helena...

Chamei outra vez, ainda mais baixo, porque minha voz não me obedecia.

— Helena...

Chamei, quase num sussurro, já não tinha mais voz.

— Helena...

Dei a volta na cama, os mesmos passos da noite anterior. Subi na cama, me deitei sobre o seu braço, deixei a cabeça pesar sobre seu peito. Ela estava imóvel. O silêncio zunia na minha cabeça. Ouvi Maria chorar abafado dentro das mãos. Um zumbido zoou dentro de mim, apagando tudo ao meu redor. Ficou apenas aquela dor que me doía inteiro. Uma dor de silêncio.

Helena entrou no sonho.

SOMBRAS

Foram dias inteiros passados na cama, debaixo de cobertores, uma febre alta que não ia embora e me fazia tremer de frio. Meus amigos organizaram um revezamento para não me deixarem sozinho. Felipe mudou-se para o meu quarto, dormia em um colchão que a Maria arrumou. A maior parte do tempo eles só ficavam por ali, em silêncio, me olhando, jogando, lendo. Sérgio veio algumas vezes, trouxe coisas gostosas, conversou com a Maria sobre receitas de bolo.

Ao meu lado estava o Walkman, que eu ouvia o tempo todo, sempre a música do Led Zeppelin "Stairway to heaven", a melodia triste, a guitarra dedilhada, um som estranho de flautas, além de outro instrumento que não sei qual é. Estou assombrado — estou cheio de sombras. *"And as we wind on down the road, our shadows taller than our soul, there walks a lady we all know, who shines white light and wants to show how everything still turns to gold"* (E ao seguirmos pela estrada, nossa sombra maior que a nossa alma, por lá anda uma moça que todos conhecemos, que irradia uma luz branca e quer mostrar que tudo ainda vira ouro).

Stairway to heaven
Led Zeppelin

AVIÃO

Felipe me deu um envelope cheio de bilhetes e fitas gravadas pelos amigos. Todos falavam de amizade, e eu ouvi cada canção como quem ouve uma verdade, algo que não provoca dúvida alguma.

> *Amigo, essa dor vai passar. Logo dona Helena será uma estrela que iluminará você a vida inteira, com aquele sorriso brilhando de amor por você. A música "Por enquanto", da Legião, me lembrou a nossa madrinha quando o Renato diz que tudo parecia ser para sempre. Será que você concorda? Responda com uma carta que eu responderei, e você responderá, e eu responderei... e assim até você voltar. Logo! Nossa saudade nos unirá. Beijo da sua amiga*
>
> *Laurinha.*

Cara, você me ensinou mesmo muita coisa, muito mais do que o Who e todas as bandas que ouvimos. Você é o meu amigo, você é o nosso amigo, e o nosso tempo nunca mais vai passar, mesmo que não volte mais. Quem vai voltar logo é você. Estamos esperando. Praga, apesar do nome, deve ter alguma coisa legal. É... Isso não soou muito bem... mas a Confraria da Ponte estará com você a cada minuto. Não se esqueça de que você pode contar sempre com estes seus amigos do peito. "Amigo é coisa pra se guardar do lado esquerdo do peito, mesmo que o tempo e a distância digam não."

Forte abraço.

Pedro

Canção da América
Milton Nascimento

Leo, aqui para você um pedacinho de "Milagre dos peixes", que me lembra você. "Eu que amo meus amigos, livre, quero poder dizer: eu vejo esses peixes e dou de coração, eu vejo essas matas e dou de coração." Logo eu mando outra fita e uma carta que vai inaugurar a nossa correspondência. Beijos da amiga e cunhada que o adora.

Alice

Milagre dos peixes
Milton Nascimento

A gente nunca conversou sobre Elton John. Ele tem essa canção que diz o que eu quero, que você não esqueça nem um minuto. "With a friend at hand you will see the light. If your friends are there, then everything's all right" (Com um amigo à mão você verá a luz. Se os amigos estão por perto, tudo fica bem).

Será que você gostou? Escreva logo dizendo, tá bom? Dois beijos por dia até você voltar.

Carolina

Friends
Elton John

Não sei nem quero saber. Estou danado, cara, estou com raiva, estou batendo lata, estou com saudade antes de você partir. Volte logo, cara. Todo mundo gosta de você, todo mundo o espera. Não demore. Essa música é de uns roqueiros brasileiros maravilhosos que vou ficar estudando para fazermos uma reunião quando você chegar. Ouve com carinho os Mutantes. "Você é bem grandinho, já pode se cuidar. [...] vá tentando devagar. Só não vá se perder por aí."

Não vá se perder por aí
Os Mutantes

Abração, Leo.

Antônio

Grande Leopoldo Abneto, querido amigo Leo. Queria gravar uma penca de canções que fizessem o tempo passar mais rápido até você voltar. A Confraria da Ponte estará sempre aqui para você. Eu não vou mentir nem fingir que estou tirando de letra a perda da dona Helena e agora a sua partida. Escolhi dois versos deste poema do Carlos Drummond de Andrade, "Canção amiga", que o Milton Nascimento vestiu com uma melodia daquelas que parecem que existiam desde sempre. "Minha vida, nossas vidas formam um só diamante."

Canção amiga
Milton Nascimento

Um abraço bem apertado.

Clarisse

Leo, eu já disse que não sou muito bom nesse negócio das palavras. Você sabe que é o meu melhor amigo e que vai fazer uma falta danada. É isso, cara, estou esperando. No mais, é tudo isso aí da canção da Carole King que o James Taylor canta. "You just call out my name and you know wherever I am I'll come running to see you again" (Só chame o meu nome que, você já sabe, onde eu estiver irei correndo para vê-la de novo).

You've got a friend
James Taylor

Você tem um amigo. Abraço, cara. E coragem.

Felipe

Lá embaixo a paisagem é cinza. Aqui e ali, montinhos brancos de neve; o inverno já chegou. Saí do Rio de Janeiro com um sol de 40 graus, as correrias das compras para o Natal, a turma de férias indo para a praia, outros viajando. Hoje é 20 de dezembro de 1989. Helena morreu há oito dias; meus pais chegaram ao Rio dois dias depois, no mesmo dia do enterro, cheio de diplomatas, amigos do meu avô e do meu pai, alguns parentes, eu e Maria o tempo todo abraçados. Meu pai foi a Brasília para "relatar a grave crise política" que está acontecendo em Praga. Voltou direto para o aeroporto, onde eu e minha mãe esperávamos por ele, e agora estamos aqui, juntos e distantes.

Durante todo o voo até Paris, a conexão, a espera no aeroporto, meu pai apenas leu e releu documentos, fez anotações, escreveu um monte de coisas. Minha mãe leu umas revistas, dormiu, fez palavras cruzadas, rezou o terço duas vezes, me perguntou se estou bem várias vezes, mas a sua voz sempre me parece chegar de mil léguas de distância.

A Tchecoslováquia vai ficando cada vez mais próxima, virando um lugar real. O avião vai baixando, os subúrbios de Praga. Olho a paisagem, logo a pista corre veloz sob o avião, o toque no chão, a freada.

Perdi Helena, Maria, Felipe, Antônio, a turma, a Confraria, o Rio, Copacabana, meu quarto, minha cama, minha Janis Joplin. Ao lado, meu pai lê o jornal; minha mãe, apavorada, desfia as contas do terço, rezando.

E eu estou paralisado pelo medo de Deus não existir.

ESPERAS

Quando desembarcamos, o aeroporto estava quase deserto e, para mim, o sinal era claro: ninguém queria vir para cá. Havia um funcionário do governo tchecoslovaco aguardando meu pai para nos ajudar nas providências burocráticas. Mas, quando ele nos acompanhou até a esteira da bagagem e tentou pegar as nossas malas, meu pai conversou com ele alguma coisa em tcheco, que, é claro, eu e minha mãe não entendemos bulhufas. Meu pai pareceu se exaltar um pouco com o sujeito, mas quando se virou para nós tinha um meio--sorriso no rosto. O pobre homem não podia permitir que um embaixador pegasse as malas e tinha certeza que seria seriamente punido se alguém o delatasse. Por outro lado, meu pai não admitia que outro diplomata como ele — ainda que tão mais jovem — carregasse a nossa bagagem. Voltou-se para o sujeito, voltou a falar, e virou-se para mim, pondo a mão no meu ombro e sussurrando comigo quase em segredo.

— Filho, eu disse a ele que nós dois vamos dar conta de toda a bagagem e que você é um jovem que não perde a oportunidade de exibir a sua força. Espero que você não se zangue comigo por usá-lo como álibi. Você topa a parada e me ajuda?

Sua mão ainda estava no meu ombro de um jeito que eu não me lembro de ter estado um dia. Ele sorria para mim e achei que tivesse piscado um olho... Foi rápido demais para eu ter certeza.

— Claro que sim, pai. Conte comigo. Mas achei a sua desculpa meio esfarrapada...

Ele estava mesmo disposto a me surpreender e deu uma gorda risada. Olhei para a minha mãe, que acompanhava a cena. Ela me olhou divertida.

— Você nem imagina como Praga pode fazer bem a ele...

Pegamos tudo e, algumas vezes, tive de fazer não só muita força, mas também fingir que estava tirando tudo de letra, me divertindo com tudo aquilo.

Do lado de fora, o carro da embaixada nos esperava. Era um Citroën antigo, confortável, muito bem conservado. O motorista da embaixada era um sujeito calado e sério que seguia as orientações do meu pai, mas me explicava todo orgulhoso pelo fato de aquele ser um DS23, uma raridade. A série DS ficou conhecida no mundo inteiro pela suspensão incomparável e pelo apelido de "Tubarão". No Brasil, o carro era chamado de "Sapo", o que ele achava uma injustiça. Meu pai tinha um olhar bem sério, e o motorista resolveu encerrar o assunto. Eu estava sentado no banco de trás com minha mãe. A cidade meio vazia, fria; ainda havia muita neve acumulada.

Meu pai aponta uma construção escura e diz que tem para lá de 500 anos, mais velha do que o Brasil. Fiquei pensando sobre todo esse tempo, e essa cidade já construía coisas tão grandes, que durariam tantos anos, e o Brasil era só um lugar para ser intentado depois que, algum dia, um barco chegasse a uma praia. Fiquei olhando a calçada e imaginei Helena e o meu avô passando por ali, meu pai pequeno. Quantos anos atrás? Mais de 30? Uma cidade antiga, construções mais velhas que o meu país, que não sei quando verei de novo. Saudades da Helena, que, imagino, caminha por aqui. Saudades e esperas. As distâncias não existem. Estou cercado de tempo.

Chegamos à embaixada, e eu vou ajudar o motorista com as malas, como fiz no aeroporto, enquanto meus pais me olham e comentam alguma coisa que não consigo ouvir, trocando sorrisos. Dou a volta pelo outro lado do carro para pegar os envelopes com as cartas dos amigos e sigo para a porta do casarão, onde eles conversam, distraídos. Ouço apenas uma última frase do meu pai para a minha mãe antes de eles perceberem a minha aproximação:

— Você já disse a ele o que planejamos? Ele sabe o que o espera?

CRÉDITOS DAS MÚSICAS

Hallowed be Thy name — Iron Maiden
© Stephen Harris / BMG Rights Management Brasil

Remember tomorrow — Iron Maiden
© Stephen Harris-Paul Di'Anno / BMG Rights Management Brasil

Bohemian Rhapsody — Queen
© Freddie Mercury / EMI Music Publishing

Quase um segundo — Paralamas do Sucesso
© Herbert Vianna / Sony Music Publishing

Eleanor Rigby — The Beatles
© John Lennon-Paul McCartney / Sony Music Publishing

Here, there and everywhere — The Beatles
© John Lennon-Paul McCartney / Sony Music Publishing

Blowin' in the wind — Bob Dylan
© Bob Dylan (Robert Zimmerman) / Sony Music Publishing

Mr. Tambourine Man — Bob Dylan
© Bob Dylan (Robert Zimmerman) / Sony Music Publishing

My generation — The Who
© Pete Townshend / Sony Music Publishing

Waiting on a friend — The Rolling Stones
© Mick Jagger-Keith Richards / Sony Music Publishing

Con le mie lacrime — The Rolling Stones
© Mick Jagger-Keith Richards-Dante Panzuti / Sony Music Publishing (ABKCO Music/BMI)

Help! — The Beatles
© John Lennon-Paul McCartney / Sony Music Publishing

She's leaving home — The Beatles
© John Lennon-Paul McCartney / Sony Music Publishing

Hey Jude — The Beatles
© John Lennon-Paul McCartney / Sony Music Publishing

Let it be — The Beatles
© John Lennon-Paul McCartney / Sony Music Publishing

Immigrant song — Led Zeppelin
© *Jimmy Page-Robert Plant / Warner Chappel Edições Musicais*

Breathe (in the air) — Pink Floyd
© *Richard Wright-David Gilmour-Roger Waters / BMG Rights Management Brasil*

Wooden ships — Crosby, Stills & Nash
© *David Crosby-Paul Kantner-Stephen Stills / Guerilla Music*

(We're gonna) Rock around the clock — Bill Haley and His Comets /
© *Jimmy De Knight-Max C. Freedman / Myers-Music / Fermata do Brasil*

Stairway to heaven — Led Zeppelin
© *Robert Plant-Jimmy Page / Warner Chappell Edições Musicais*

Canção da América — Milton Nascimento
© *Milton Nascimento-Fernando Brant / Nascimento Edições Musicais / Três Pontas Edições Musicais / Sony Music Publishing*

Milagre dos peixes — Milton Nascimento
© *Milton Nascimento-Fernando Brant / Nascimento Edições Musicais / Três Pontas Edições Musicais / Sony Music Publishing*

Friends — Elton John
© *Bernie Taupin-Elton John / Universal-Dick James Music / Universal Music Publishing MGB Brasil*

Não vá se perder por aí — Os Mutantes
© *Raphael Vilardi-Roberto Loyola / Warner Chappell Edições Musicais*

Canção amiga — Carlos Drummond de Andrade-Milton Nascimento
© *Pedro e Luis Maurício Graña Drummond / Nascimento Edições Musicais*

You've got a friend — James Taylor
© *Carole King / Beechwood de México*

Créditos das imagens

Capa: © Andrea Lehotska/Shutterstock; © Immo Wegmann/Unsplash; Divulgação; © Luis Diego Aguilar/Unsplash; Divulgação; © Andras Vas/Unsplash; © Konstantinos Hasandras/Unsplash; © Diana Light/Unsplash. Página 1: © Immo Wegmann/Unsplash. Página 4: © Alenkadr/Freepik. Página 6: © Saiko3p/Freepik. Página 160: © Anmol Arora/Unsplash.

Ouça aqui
a playlist
completa
do livro

Obra composta nas fontes Freight Text Pro e Akrobat.
Impressa na Ipsis Gráfica e Editora em papel Pólen Bold
90 g/m² (miolo) e Supremo Duo Design 250 g/m² (capa).